THiLO
1000 *Gefühle*
Ferienflirt in London

THiLO verbrachte den Großteil seiner Kindheit in der elterlichen Buchhandlung – die optimale Vorbereitung auf seine spätere Laufbahn als Autor. Nach dem Studium arbeitete er für Funk und Fernsehen und schrieb unter anderem Drehbücher für „Bibi Blocksberg" und „Sesamstraße". Für den Roman zum Film „Wickie und die starken Männer" gewann er den österreichischen Buchliebling 2010. Heute lebt er mit seiner Frau, seinen vier Kindern und einem feuerroten Kater in Mainz.

Mehr über THiLO gibt es unter
www.thilos-gute-seite.de

THiLO

1000 Gefühle
Ferienflirt in London

Mit Illustrationen von Carolin Liepins

Ravensburger Buchverlag

Als Ravensburger Taschenbuch
Band 52574
erschienen 2017

1 2 3 4 5 E D C B A

Originalausgabe
© 2017 Ravensburger Buchverlag Otto Maier GmbH
Illustrationen: Carolin Liepins
Umschlaggestaltung: Maria Seidel,
unter Verwendung von Motiven von © Hi-jang/Thinkstockphoto;
© AnnyKos/Thinkstockphoto; © nnnnae/Thinkstockphoto
sowie Illustrationen von Carolin Liepins

Alle Rechte dieser Ausgabe vorbehalten durch
Ravensburger Buchverlag Otto Maier GmbH
Postfach 18 60, D-88188 Ravensburg

Printed in Germany
ISBN 978-3-473-52574-4
www.ravensburger.de

Inhalt

Herzsprünge in London 7
Echte Liebe? 32
Josi geht ran 41
Ein Freund zum Pferdestehlen 47
Vergebliche Liebesmüh 52
Schwitzen für die Liebe 58
Unter den Augen des Dichters 64
Süße Sachen 72
Candle-Light-Limo 79
Bomben-Bert und Granaten-Günter 87
Beichtstunde 94
Hahnenkampf 103
Pizza mit Aussicht 111
Liebesglück im Kino 118
Begegnung mit einer Spinne 127
Wenn zwei sich streiten 135
Goethe und Shakespeare 143

Psychotest 149

Herzsprünge in London

Josefine stand in der riesigen Turbinenhalle der Tate Modern Gallery und konnte ihr Glück mal wieder nicht fassen. Das größte Museum der Welt für moderne Kunst war in einem ehemaligen Kraftwerk untergebracht, direkt am Ufer der Themse. Genau, an *der* Themse. Zu ihrem dreizehnten Geburtstag hatte Josi in diesem Jahr keinen elektronischen Quatsch oder ultrateure Kleider bekommen, sondern eine Reise. Josefine war fast umgefallen, als sie den Umschlag öffnete, den ihr ihre strahlenden Eltern überreichten: sieben Tage London. London. LONDON!!!!

*** LONDON ***

Die Hauptstadt von England stand schon lange auf der Liste ihrer Urlaubsziele ganz weit vorne. Wenn sie in circa 5000 Jahren mal mit der Schule fertig sein würde, wollte sie da hin. Nun hatte es schon früher geklappt. Sehr viel früher.
Was die Sache noch cooler machte: Josi war alleine hierhergeflogen, aber zum Glück nicht alleine geblieben. Am Flughafen hatte schon Dolores gestanden, eine alte Schulfreundin ihrer Mutter, die vor Ewigkeiten nach London gezogen war. Und Dolores hatte eine Tochter in Josis Alter: Jill. Seit sechs Tagen zogen die beiden durch die Metropole und waren längst selbst die besten Freundinnen geworden.
„Josi?", rief Jill quer durch die Halle. „Sieh mal das hiiiiiier."
Jill sprach perfekt Deutsch, aber manche Worte mit einem sehr witzigen Akzent.
Josefine wandte ihren Blick von einem verrosteten Autobus ab, vor dessen Heckklappe zehn Holzschlitten aufgestellt waren. Sie wirkten wie ein Rudel, und so hieß das Kunstwerk auch: Wolfsrudel Nummer 7.
Jill aber hatte etwas noch viel Abgefahreneres entdeckt. Sie stand vor einem Podest, neben dem vier Eimer aufgestellt waren. Wer wollte, konnte sich mit den Füßen in einem Eimer auf das Podest stellen. Der zweite Eimer sollte über den Kopf gestülpt werden. Für eine Minute war man dann ein verrücktes Kunstwerk. „Josi, come on, das makken wiiiiir!"
Jill stellte schon die zwei großen Eimer auf.
Josefine zeigte ihr einen Vogel. „Du spinnst, Jill!", rief sie la-

chend. „Ich mache mich doch nicht vor all den Leuten hier zum Affen!"

Um sie herum waren Menschen aus aller Welt. Ein Besuch der Tate Modern zählte für die meisten Touristen zu einem Besuch in London dazu.

„Komm schon", ließ Jill nicht locker. „Ich wollte schon immer mal ein Kunstwerk sein."

Josi traute ihren Augen nicht. Jill kletterte tatsächlich in den Eimer! Jill war immer so verrückt. Sie tat einfach, was sie wollte, ganz egal, was die anderen von ihr hielten. Josi dachte kurz an Tom, ihren Freund zu Hause. Tom konnte solche Verrücktheiten bei Mädchen nicht leiden. Er sprach dann immer von *fremdschämen* und fand das Ganze *megapeinlich*. Aber sonst war Tom echt süß. Hatte sie sich heute schon bei ihm gemeldet? Oder war das gestern gewesen? Die Zeit hier in London verflog einfach dreimal so schnell wie in anderen Städten, so viel war mal klar.

„Joooosiiiii!", rief Jill unter dem zweiten Eimer. Es klang dumpf und hohl.

Die Menschen rundherum zückten ihre Smartphones und knipsten.

„Komm, sei kein Weichei!", drängelte Jill weiter und ließ den Eimer vollends auf ihre Schultern sinken.

Josi prustete los. Dann aber tat sie so, als sei sie auch Touristin, und machte wie wild Fotos von ihrer Freundin.

„Die Minute ist gleich um!", mahnte Jill. „Come on, sei crazy! Das Leben ist aufregend, wenn du verrückte Dinge tust!"

Josi lächelte nur. Dann aber schoss ihr plötzlich durch den Kopf: Warum eigentlich nicht?

Drei Sekunden später stand sie inmitten von hundert Menschen auf einem Podest in einem Eimer und hatte einen zweiten Eimer wie eine Glocke über den Kopf gestülpt. Das war auch bitter nötig, denn Josis Gesicht war knallrot. Sie spürte Jills Hände in ihren.

„Wir sind ein Kunstwerk!", lachte Jill, und Josi lachte mit. Es fühlte sich saustark an, eine Freundin wie Jill zu haben. Manchmal wünschte sie sich, mit Tom solche Dinge tun zu können. Josi verbrachte die Nachmittage gerne mit Tom. Sie gingen ins Kino, trafen sich mit Freunden oder hingen einfach in seinem Zimmer ab. Doch so wie mit Jill war es mit ihm nicht. Tom war vernünftiger, aber das mochte Josi auch. An Tom konnte man sich anlehnen. Hatte sie ihm nun heute schon geschrieben? Sie musste Tom, sobald sie aus dem Eimer raus war, unbedingt eine Nachricht schicken.

„Puh, heiß hier drin", stöhnte Jill. Kurz darauf wurde es wieder hell. Jill hatte erst sich selbst und dann Josefine den Eimer vom Kopf genommen. Sie grinste und zeigte mit dem Kinn auf die Touristen.

CRAZY KUNST!

„Jetzt sind wir von Peking bis Honolulu bekannt", sagte sie und hopste von dem Podest.
Josi stieg ein bisschen vornehmer herab. Die Blicke folgten ihr trotzdem. „Klar", sagte sie, „als die bekloppten Eimer-Zwillinge."
Jill kringelte sich. „Genug Kunst für heute, Eimer-Zwilling! Lass uns noch was für den Körper tun."
Uff, das hörte sich schwer nach Jogging an!
Jill packte Josis Hand und zog sie hinter sich her. Nur ein paar Minuten später hatten die beiden das Museum verlassen und liefen auf einer schmalen, modernen Hängebrücke über die Themse. Die Türme der Westminster Abtei, wo die Mitglieder der Königsfamilie heirateten, waren zum Greifen nahe. Dazu

jede Menge moderne Bürotürme. Einer sah wie eine riesige Gewürzgurke aus.

„Wo können wir denn hier Sport machen?", hakte Josi nach. „Außerdem habe ich doch gar keine Trainingsklamotten dabei."

Jill zuckte nur geheimnisvoll mit den Schultern.

Sie schlenderten durch einen besonders coolen Stadtteil mit schicken Restaurants, Bars und Läden, in denen es die unglaublichsten Sachen zu kaufen gab.

Vor einem Café blieb Jill plötzlich stehen. „CupCakeQueen – die machen einfach die besten Törtchen von ganz London. Also, ich brauche drei!"

Josi war verwirrt. „Aber ich dachte, wir wollten etwas für unsere Körper ..."

Dann dämmerte es ihr. Jill fand Torte und Kuchen einfach himmlisch und war deshalb der Meinung, dass es jedem Körper guttat, ab und zu ein paar große Stücke zu essen.

Der Kellner war unglaublich gut gekleidet und zwinkerte ihnen zu, als er ihre Bestellung brachte. Josi sah verlegen auf ihren Kuchen. Ein Cupcake mit rosa Zuckerguss und Glitzerperlen darauf. Yummyumm!

Beim dritten Cake wurde Jill plötzlich ernst.

„Noch zwei Tage, Josi, dann heißt es Abschied nehmen", seufzte sie.

Josi schluckte. Sie hatte jede Minute

hier genossen und die Rückreise völlig verdrängt. War heute wirklich schon Freitag?

„Ich habe mit Mama gesprokken", unterbrach Jill ihre trüben Gedanken. „Wir machen morgen Abend eine kleine Abschlussparty für dich."

Josi musste vor Rührung schlucken. Dolores, Jills Mutter, war genauso nett und cool wie ihre Tochter. Kein Wunder, dass ihre Mama und Dolores einmal beste Freundinnen gewesen waren.

„Echt?", presste Josefine heraus. „Was habt ihr mit mir vor?"

Jill biss in ihren letzten Cupcake.

„Wird nikkt verraten", antwortete sie, als ihr Mund halbwegs leer war. „Aber: Mamas Idee ist gigantisch!"

Jill winkte den coolen Kellner heran und zählte ihm mit klebrigen Fingern einen Berg Pfund-Münzen in die Hand.

Sie nahmen die U-Bahn-Linie *District Line*, stiegen einmal um, liefen noch ein paar Hundert Meter und standen vor dem Haus, in dem Jill mit Dolores lebte. Und im Moment auch mit Josi.

Das Haus war ein typisches englisches Reihenhaus, etwa siebzig Jahre alt. Die Fassade war schneeweiß gestrichen und hatte im Erdgeschoss ein ungewöhnlich großes Fenster. Früher war in diesem Haus ein kleiner Kramladen gewesen, hatte Jill erzählt, daher das Schaufenster.

Josi schloss auf. Direkt hinter der Tür begann schon das Wohnzimmer. Es war ebenfalls ganz in Weiß gestrichen, auch die Möbel waren weiß. Ein niedriger Tisch und sechs megagemütliche Sessel. Hintendran kamen gleich die Küche und die Treppe, die zu den Schlafräumen und dem Badezimmer führte. Im ersten Stock war Jills Reich, ganz oben das von Dolores. Für Josi war es das tollste Haus, in das sie jemals einen Fuß gesetzt hatte.

„Hi, Mum!", begrüßte Jill ihre Mutter. Dolores stand in der Küche und zauberte irgendein Essen, das verdammt gut roch. Josis Magen war eigentlich noch von den Cupcakes voll, aber natürlich würde sie bei dem Festmahl nicht Nein sagen können. Dolores war eine fantastische Köchin.

„Wie war euer Tag?", fragte sie die beiden.

„Supertoll", antwortete Jill. „Japanische Touristen haben uns fotografiert und ein Kellner wollte mit Josi anbandeln."

Dolores lachte.

„Ich habe Josi schon von unserer Abschiedsparty erzählt", berichtete Jill weiter. „Aber noch nikks Genaues verraten."

Dolores zwinkerte ihrer Tochter zu und machte mit den Fingern eine Bewegung über den Mund, als würde sie einen Reißverschluss zumachen.

„Na, dann halte ich auch mal meine Klappe", sagte sie und streute ein indisches Gewürz in den blubbernden Topf.

Josi warf sich in einen Sessel

und checkte ihr Handy. Tom hatte ihr zwölf Nachrichten geschickt.
Josi las sie alle. Die ersten waren noch sehr freundlich, im Laufe des Tages wurde der Ton aber etwas genervter. Die letzte lautete:

Gibt's in London kein Netz?

Josi fühlte sich doof, weil sie wirklich kaum an ihren Freund gedacht hatte. Wie auch? London war einfach zu cool, um auch nur eine Sekunde aufs Handy zu starren. Das musste Tom doch verstehen, oder?
Während Jill den Tisch deckte, schrieb Josi Tom eine lange Nachricht. Sie vermisste ihn wirklich. Aber nicht rund um die Uhr.
„So, erledigt", sagte sie zu sich selbst und legte das Smartphone beiseite.
Das Essen war wie erwartet ein Traum. Pappsatt schob Josi eine Viertelstunde später den Teller von sich.
„Jetzt kriege ich eine Woche keinen Bissen mehr runter", stöhnte sie übertrieben.
Dolores lachte. „Das wäre aber schade", antwortete sie dann. „Ich habe nämlich für morgen Abend einen Tisch im Café Sketch reserviert." Sie hielt Josi ihr Handy unter die Nase. Auf dem Foto war ein riesiger Saal mit rosa Plüschmöbeln zu sehen. Wirklich jeder Platz war besetzt.

„Coooooool", staunte Josi. In so einem Restaurant war sie noch nie gewesen. „Okay, Hunger wieder da."

Dolores nickte. „Das hatte ich gehofft. Freunde von uns kommen auch, Mathias und Diana. Mathias ist mit mir und deiner Mutter in der Grundschule gewesen." Sie blinzelte, als wäre ihr eine Mücke ins Auge geflogen. „Und sie bringen Luke mit, ihren gut aussehenden Sohn."

Jill starrte an die Decke. „Mama!", ermahnte sie ihre Mutter. „Das ist nicht mein Typ!"

Sie drehte sich zu Josi um. „Luke ist nett, ja, aber Mama glaubt, ich wäre unsterblich in ihn verliebt."

Josi stupste Jill den Ellenbogen in die Rippen. „Und? Bist du?"

Jill war augenblicklich ernst. So ernst, wie in der ganzen Woche noch nicht.

„Nein!", erwiderte sie. „Mein Gott, hört doch mal auf damit. Das nervt!" Sie packte ihren Teller, sprang auf und brachte ihn zur Spüle. Dann rannte sie die Treppe hinauf nach oben.

Dolores rollte mit den Augen. Josi half ihr beim Abspülen, dann lief sie ihrer Freundin hinterher.

Jill lag auf ihrem Bett und blätterte in einer Zeitschrift. Ihre Stimmung war immer noch nicht besser, sie pfiff den Partyhit des letzten Sommers schräg und zittrig.

„Hey, Eimer-Zwilling!", scherzte Josi. „Was ist denn los?" Sie versuchte ein Lächeln. Beinahe gelang es.

„Ich weiß auch nicht, warum Mama immer mit Luke rumstichelt", sagte Jill, ohne von ihrem Heft aufzuschauen. „Sie meint immer, eine Mutter sieht so was. Dabei bin ich echt nicht in ihn verliebt."

Josi hockte sich neben Jill.

„Ist doch auch echt piepegal. Du willst ihn nicht und ich habe bereits einen Freund."

Jill warf die Zeitschrift hinter sich. „Genau", bestätigte sie. „Morgen feiern wir deinen Abschied. Sonst nikks!"

Josi seufzte. Die Worte *Abschied* und *feiern* passten nach ihrem Geschmack gerade überhaupt nicht zusammen.

Den Rest des Abends schauten sie Filme und futterten eine Riesentüte Chips. Josi staunte selbst, wie sehr sich ihr Englisch in den wenigen Tagen verbessert hatte. Sie verstand fast alles von dem Film. Und den Rest übersetzte Jill. Anschließend schlief Josi wie ein Stein. Mit Jill in deren breitem Bett, wie immer.

Heute ist dein letzter Tag, schoss es Josi durch den Kopf, als sie am kommenden Morgen wach wurde. Sie dachte an Tom und freute sich darauf, ihn wiederzusehen. Trotzdem wäre sie lieber noch ein Weilchen in London geblieben. Zehn Jahre, zum Beispiel.

Sie schaltete ihr Handy ein.

„Shit!", schimpfte sie leise. Jill wurde trotzdem wach.

„What?", grummelte sie. Kurz nach dem Wecken funktionierte ihr Deutsch noch nicht.

„Tom hat mir gestern Abend noch zehn Mal geschrieben, aber ich hab einfach nicht mehr auf meine Chats gesehen."
Jill gähnte und rollte sich in der Decke ein. „Morgen Mittag hat er dich ja wieder", nuschelte sie. „Da kannst du dann ja immer direkt antworten."
Josi nickte. Aber sie kam sich irgendwie schäbig vor. Tom war schon in der Neunten und seit genau zwölf Wochen und ... und ... und ... Josi schluckte. Jetzt hatte sie schon vergessen, wie viele Tage sie zusammen waren. Ob Tom sich vielleicht tatsächlich zu Recht beschwerte?
Josi schrieb ihm eine ellenlange Nachricht mit vielen küssenden Smileys zur Entschuldigung.

Danach fühlte sie sich ein kleines bisschen besser und ging ins Bad. Dolores war schon zur Arbeit verschwunden und hatte den beiden Mädchen eine Nachricht auf den Küchentisch gelegt. Ganz altmodisch auf einem Zettel.

```
Denkt an unsere Verabredung und macht euch
schick. Punkt 19 Uhr am geheimen Treffpunkt.
Jill weiß Bescheid.
```

Jill grinste, als sie die Zeilen überflogen hatte. „Ja, ich weiß Bescheid", flüsterte sie mysteriös. „Aber du nicht!"
In Josis Bauch begann es zu kribbeln. Sie liebte Überraschun-

gen und spürte, dass Dolores und Jill noch etwas Besonderes für sie ausgeheckt hatten.

Nach dem Frühstück nahmen sie die U-Bahn in die Innenstadt, doch so sehr Josi ihre Freundin auch löcherte, Jill schwieg wie ein Grab.

Ein paar Stunden lang verprassten sie Josis letzte Pfundnoten. Josi kaufte Mitbringsel für ihre Eltern und ihren kleinen Bruder Adam. Für Tom fand sie einen englischen Comic. Tom liebte Comics, er würde völlig begeistert sein – wenn er das Heft nicht doch schon hatte. Josi fotografierte das Cover und schickte das Foto an Toms besten Freund Jan. Der würde hoffentlich wissen, ob das Geschenk passte. Leider antwortete Jan nicht sofort, also würden sie später noch einmal in den Comicladen zurückkehren müssen.

Das Allerbeste aber kam zum Schluss. In der Nähe vom Oxford Circus entdeckten sie ein unglaubliches Kleid in einem Schaufenster. Es war ein hellrotes Shiftkleid mit kurzen Ärmeln, an der Taille leicht drapiert. Die Farbe passte hervorragend zu Josis dunkelbraunen Haaren und vor allem: Das Kleid war gerade um fünfzig Prozent reduziert worden.

„Hammer!", jauchzte Josi und rechnete schnell im Kopf alles durch. Sie konnte sich das Kleid leisten, wenn sie den Comic strich.

Stille Spaghetti

„Mach doch!", ermunterte Jill sie. „Du wirst darin so super aussehen – davon hat er dann doch auch was."

Josi lachte. An dem Kleid führte kein Weg vorbei. Nach einem Softeis im Stehen machten sich die beiden auf den Heimweg.

Dolores war noch nicht da, also zauberten sich Josi und Jill selbst etwas zu essen: Spaghetti, was sonst? Allerdings nur eine winzige Portion für jede, schließlich wollten sie sich ja vor dem exquisiten Restaurant nicht den Bauch vollstopfen.

Dann konnte Josi es nicht länger aushalten. Sie musste das neue Kleid anziehen.

„Wahnsinn!", keuchte Jill, als würde sie gleich einen Herzanfall bekommen.

Josefine strahlte über beide Ohren. Es war wirklich perfekt.

„Yep!", sagte sie nur. „Oft sehen Klamotten ja im Laden toll aus, aber dann zu Hause wie ein Kartoffelsack."

Jill kicherte. „Das ist hier eindeutikk nikkt der Fall. Du wirst die Königin des Abends!"

Josi versuchte noch einmal, Jill das Geheimnis des Abends zu entlocken.

„Wenn ich nur wüsste, wo wir vorher hingehen?", sagte sie wie nebenbei. Doch Jill lächelte nur.

Um 18 Uhr verließen die beiden wieder das Haus und fuhren

mit einem roten Doppeldeckerbus in die Innenstadt. Sie schafften es sogar, ihre geliebten Plätze oben ganz vorne an der Scheibe zu ergattern.

Josi war glücklich. Noch einmal passierten sie die größten Sehenswürdigkeiten von London: den Tower, die Tower Bridge, Trafalgar Square mit der Säule von Admiral Nelson und den Turm mit Big Ben. Josi wurde das Herz schwer. Wer wusste schon, ob sie jemals hierher zurückkehren würde? Sie fand sowieso, das Tollste an London war ... London.

Am Charing Cross mussten sie aussteigen. Jill führte ihre Freundin schnurgerade auf die Themse zu.

Kaum hatten die beiden das Flussufer erreicht, wusste Josi, wie der Abend beginnen würde.

„London Eye?", frage sie mit bebender Stimme. Vor Aufregung konnte sie ihre Augen gar nicht abwenden. Das London Eye war das größte Riesenrad Europas. 135 Meter hoch, Sichtweite bei perfektem Wetter bis zu vierzig Kilometer.

Jill nickte. „Genau", bestätigte sie. „Mama hat eine Kabine für uns bestellt."

Josi biss sich auf die Unterlippe. Die ganze Woche über hatte sie Jill gedrängt, doch mit ihr eine Fahrt zu machen. Jill aber hatte immer wieder neue Gründe gefunden, warum es gerade an diesem Tag nicht ging. Jetzt wusste Josi, dass das alles nur Ausflüchte gewesen waren, um sich das Beste bis zum Schluss aufzuheben.

„Hammer!", stammelte sie nur, als sie am Eingang standen. Das London Eye war mit normalen Riesenrädern kaum zu vergleichen. Die Gäste saßen in Gondeln, die fast gänzlich aus Glas bestanden. Und vor allem: Eine Umdrehung des Rades dauert länger als eine halbe Stunde. Josi bekam feuchte Hände vor lauter Vorfreude.

„Hi!", begrüßte Dolores die beiden Mädchen. Sie kam aus dem Büro und hatte sich mächtig schick gemacht. Kurz darauf trafen auch ihre Freunde ein. Mathias war schon Jahre vor Dolores nach England gezogen, hatte sich aber immer mal wieder bei ihr gemeldet. In London hatte er Diana kennengelernt und schon bald geheiratet. Der Grund dafür stand neben ihnen: Luke. Luke war vierzehn Jahre alt und WOW! Dolores hatte nicht übertrieben, Luke war jede Sekunde Hinsehen wert.

„Hi, ich bin Lukas!", stellte er sich lässig vor.
„Hier nennen mich natürlich alle Luke." Er
trug eine modische Stoffhose und ein langär-

meliges blaues T-Shirt, das am Hals weit ausgeschnitten war. Sein Deutsch war hervorragend.

„Hi, Josi", antwortete Josi knapp. Sie dachte fieberhaft darüber nach, was sie noch Geistreiches sagen könnte, doch ihr fiel wie immer in solchen Situationen nichts Spannendes ein.

„Bist du zum ersten Mal am Mittelpunkt der Welt?", wollte Luke wissen.

Josi lachte. „Ja. Und ich finde London richtig cool."

Jill räusperte sich und hielt Luke die Hand hin. Luke schüttelte sie, sah aber weiter Josi an.

„Tolles Kleid", sagte er.

Das haute Josi um. Einen Jungen, der sich auch nur die geringsten Gedanken um Mädchenkleidung machte, hatte sie noch nie getroffen. Von Tom hatte sie sich oft so ein Kompliment gewünscht. Doch ihr Freund hätte es wahrscheinlich noch nicht mal gemerkt, wenn sie mit pinkfarbenen Haaren in die Schule gekommen wäre.

„Danke", sagte Josi schüchtern. „Ist ganz neu. London eben …"

Sie spürte, wie ihr Smartphone in der Tasche vibrierte. Aber jetzt war wirklich nicht die Zeit, Nachrichten zu schreiben.

„Wollen wir?", unterbrach Dolores das Gespräch. Direkt vor ihnen schwebte eine Kabine zu Boden und die Tür ging auf. Zehn Männer sprangen grölend heraus. Ein Guide winkte die neuen Fahrgäste herein. Luke stoppte seine Eltern und Dolores, die gerade einsteigen wollten.

„Die ist nur für Leute unter 18 Jahren", sagte er grinsend. „Alle anderen müssen leider die nächste nehmen."

Mathias stupste ihn lachend an. „Wenn du es sagst, wird's schon stimmen!"

Also kletterten Josi, Jill und Luke alleine in die Gondel.

Kurz vor dem Losfahren drückte der Guide ihnen noch Getränke in die Hände – was für ein Service!

Langsam hob die Kabine ab und bald schon konnte Josi auf die Dächer der Stadt hinuntersehen. Es war wunderschön. Einen besseren Abschied hätte Josefine sich nicht vorstellen können.

„Sieh mal, Westminster Abbey!", staunte sie, doch Jill knurrte nur wie ein altersschwacher Wachhund.

Luke nickte. „Wusstest du, dass da nicht nur unsere toten Könige liegen?", fragte er. „Auch jede Menge andere Berühmtheiten: die Forscher Isaac Newton und Charles Darwin, der Schriftsteller Charles Dickens und der Schauspieler Laurence Olivier – immerhin dreifacher Oscar-Gewinner."

Jill saugte geräuschvoll an ihrer Limo. „Weiß doch jeder!", nörgelte sie und sah in die andere Richtung.

Für Josi jedoch war das alles neu. „Wahnsinn!", entfuhr es ihr.

Auch auf dem Rest der Fahrt fütterte Luke sie mit Informationen über London, von denen Jill nichts erzählt hatte.

Als sie ganz oben waren, spürte Josi plötzlich etwas auf ihrer Schulter. Lukas hatte ganz selbstverständlich seinen Arm um sie gelegt.

Josi schluckte. Sie hatte doch einen Freund! Eigentlich hätte sie Lukes Hand wegschieben müssen. Nur leider fühlte sich das Ganze viel zu gut an. So ließ Luke seinen Arm, wo er war, bis sich die Tür der Kabine wieder mit einem Zischen öffnete.

„Aussteigen, die Herrschaften", rief Dolores. Jill drängelte sich grob an Josi und Luke vorbei. Auf dem Weg zum Café Sketch schwieg sie.

„Ist was?", fragte Josi schließlich, als Luke mit seinen Eltern redete.

Jill zog eine merkwürdige Grimasse. „Nö, was soll schon sein?", motzte sie. „Aber meinst du, dein Tom würde gut finden, was du gerade hier machst?"

In Josis Bauch stieg Wut auf. „Was mache ich denn so Schlimmes?", fauchte sie zurück. „Kein Mensch kann mir verbieten, Komplimente zu bekommen. Auch Tom nicht. Und mehr ist ja wohl bisher nicht gelaufen."

Jill lächelte bitter und Josi merkte, dass sie ein Wort zu viel gesagt hatte, das alles verriet: bisher. Das schloss ein, dass an diesem Abend noch viel passieren konnte.

An der Tür vom Café Sketch mussten sie sich in eine Schlange einreihen. Ein Angestellter stand neben einer kleinen Fackel und überprüfte die Reservierungen in einem Buch. Als er Dolores sah, umarmte er sie und hauchte ihr Küsschen auf die Wangen. Jills Mutter war hier anscheinend Stammgast.

Und wirklich hatte Dolores nicht zu viel versprochen. Das Essen war unglaublich gut. Was Josi aber noch mehr zum Staunen brachte, war das Personal. Die Kellnerinnen und Kellner hätte man ohne Probleme über den Laufsteg schicken können. Alle trugen graue Uniformen, die extra für das Café entworfen worden waren. Die Frauen Kleider, die Männer einteilige Hosenanzüge.

Es war natürlich Luke, der Josi alles erklärte. Jill schwieg nach wie vor bockig und popelte nur in ihrem Essen herum. Selbst den köstlichen Nachtisch rührte sie kaum an.

Als Josi zur Toilette ging, sprang Jill sofort auf und folgte ihr.

„Und?", blaffte sie Josi auf dem Weg zu den Klos an. „Immer noch Interesse?"

Josi blieb stehen. „Was soll das?", fragte sie sauer. „Ich unterhalte mich blendend mit Luke, ja. Aber du schweigst ja auch seit Stunden. Hatte deine Mutter vielleicht doch recht und du bist in ihn verliebt?"

Jill wurde rot. Josi wusste nicht, ob aus Scham oder vor Wut. Jill schüttelte den Kopf. „Quatsch", murmelte sie schließlich und atmetet tief durch. Dann umarmte sie Josi plötzlich. „Wir lassen uns von keinem Jungen unseren letzten Abend verderben, oder?"

Josefine pikste Jill mit dem Finger in die Seite. „Natürlich nicht!", antwortete sie. Doch das Kribbeln in ihrem Bauch kam nicht von der Kohlensäure der hausgemachten Limo. Das hatte eindeutig mit Lukas zu tun.

Trotzdem – oder gerade deswegen? – hielt Josi den Rest des Abends Abstand von Luke. Dann kam der Moment, vor dem sie sich schon seit der Fahrt im London Eye gefürchtet hatte. Das Essen war vorbei, die Gläser leer, Dolores zahlte, Mathias und Diana standen auf. Abschied. Auch für Josi und Luke.

„Hat mich gefreut, dich kennenzulernen", sagte Luke. Josi war beeindruckt, wie sicher er immer die richtigen Worte fand. Mit ihm verglichen wirkte Tom wie ein kleiner Junge. Wenn Tom mit ihr und ihren Eltern Kuchen aß, brachte er kaum einen Satz heraus.

„Ja, fand ich auch", antwortete Josi. „Wenn ich mal wieder in London bin, melde ich mich bei dir."

Luke nickte kurz. Dann beugte er sich vor und küsste Josi auf den Mund.

Josi hatte das Gefühl, als würde ihr ein Riese die Füße wegziehen. Heiße Schauer liefen ihr durch den Körper. So was hatte sie bei Tom noch nie gefühlt.

„Tschau", hauchte Luke. „Vielleicht geht's mit dem Wiedersehen ja doch ganz schnell."

Josi erwischte sich dabei, wie sie heftig nickte. Luke drehte sich um und ging mit seinen Eltern durch das nächtliche London davon.

Jill sagte keinen Ton mehr. Auch am nächsten Tag am Flughafen war sie merkwürdig kurz angebunden. So als hätte die coolste Woche in Josis Leben nie stattgefunden. Josi konnte nicht anders, ihr liefen Tränen über die Wangen. Dolores umarmte sie lange, dann war der Urlaub definitiv vorbei.

Im Flieger versuchte Josi, sich auf Tom zu freuen. Doch irgendwie spukte nur noch Luke in ihrem Kopf herum.

Warum nur hatte sie ihn getroffen?

Liebeskummer verfliegt schnell, versuchte sie sich auf dem kurzen Flug einzureden. Schon bald würde sie Luke vergessen haben. Ihre Gefühle hatten ja doch keine Chance, sie wohnten einfach zu weit auseinander.

*SCHNIEF** schnief*

Zurück in Deutschland, wartete die nächste Überraschung auf sie. Nicht nur ihre Eltern und ihr Bruder holten Josi vom Flughafen ab. Auch Tom war dabei. Ganz entgegen seiner Art versuchte er, Josi vor ihren Eltern auf den Mund zu küssen.

Josi drehte schnell den Kopf zur Seite, sodass er nur ihre Wange traf.

„Hallo", begrüßte sie ihn knapp. Dann fiel sie ihrer Mutter um den Hals.

„Mann, das war das coolste Geschenk aller Zeiten!", bedankte sie sich noch einmal. „Jill und ich waren echt wie Zwillinge!"
Sie seufzte, denn das hatte eigentlich nur bis gestern Abend gestimmt.
„Sie hatte noch nicht mal Zeit, mir zu schreiben", brummte Tom verstimmt.
Josi überhörte die Bemerkung und griff nach ihrem Koffer. Irgendwie konnte sie sich selbst nicht leiden. Hatte Tom das verdient? Doch sosehr sie sich zusammenriss, auch beim Begrüßungskaffee zu Hause ging Tom ihr nur tierisch auf den Geist. Sie konnte erst wieder frei atmen, als er gegangen war.

Zum Glück kommentierten ihre Eltern den Nachmittag nicht. Josi meinte aber zu bemerken, dass die beiden sich wissende Blicke zuwarfen.
Josi spürte die anstrengende Woche plötzlich in jedem Knochen und ging früh ins Bett. Sie versuchte zu schlafen, aber der Kuss von Luke brannte noch immer wie Feuer auf ihren Lippen. Ab und zu flackerte auch ein Bild von Tom vor ihren Augen auf. Verdammt! Sie wollte ihrem Freund doch nicht wehtun!
Aber so war die Liebe nun mal. Sie schlich sich an, wenn man am wenigsten damit rechnete.

PLAYLISTE... ...HEULLISTE

Die restlichen Ferien verkroch Josi sich in ihrem Zimmer. Auf ihre Freundinnen hatte sie keine Lust. Immer wieder dudelte sie ihre drei Lieblingssongs durch. Die mit den traurigsten Texten. Herzschmerz und so.

Tom schrieb sie nur, wenn es sich gar nicht mehr vermeiden ließ. Doch immer, wenn ihr Smartphone vibrierte, stürzte sie darauf. Aber nie, nie, nie war es Luke, der ihr eine Nachricht schickte.

Mit gemischten Gefühlen machte Josi sich am ersten Tag nach den Ferien auf zur Schule. Einerseits freute sie sich auf Tom. Er war noch eine Weile mit seinen Eltern im Urlaub gewesen, sodass sie sich jetzt über zwei Wochen nicht gesehen hatten. Andererseits wäre sie ihm am liebsten aus dem Weg gegangen. Josi hatte sogar seine Nachricht gestern ignoriert, dass er sich vor der Schule mit ihr treffen wollte. Irgendeine Ausrede würde ihr dafür schon einfallen, hoffte Josi. Sie fühlte sich einfach mies.

Ein paar Minuten gelang es ihr, alle Gedanken an Tom und Luke zu verdrängen. Ihre Freundinnen löcherten sie mit Fragen zu London und den Shops, die sie mit Jill abgeklappert hatte.

Viel zu schnell aber war dann ihr Klassenlehrer im Raum. Und neben ihm ... Josi wurde beinahe schlecht, als sie den Jungen sah, der mit Herrn Reimann hereinkam.

„Darf ich euch euren neuen Mitschüler vorstellen", sagte Herr Reimann feierlich. „Lukas Kuhn. Seine Eltern sind gerade nach langer Zeit in London wieder nach Deutschland gezogen. Ich verlasse mich drauf, dass ihr ihn freundlich aufnehmt."

Luke sah in die Klasse. Als sich seine und Josis Augen trafen, lächelte er sein tollstes Lächeln. Jeder Eisberg wäre auf der Stelle geschmolzen.

„Hi!", grüßte er und zwinkerte Josi zu. Von Überraschung keine Spur.

Offenbar hatte er ganz genau gewusst, dass ihre Trennung nur wenige Tage dauern würde.

Die Minuten bis zur Pause rasten nur so dahin. Dann aber musste Josi sich doch entscheiden.

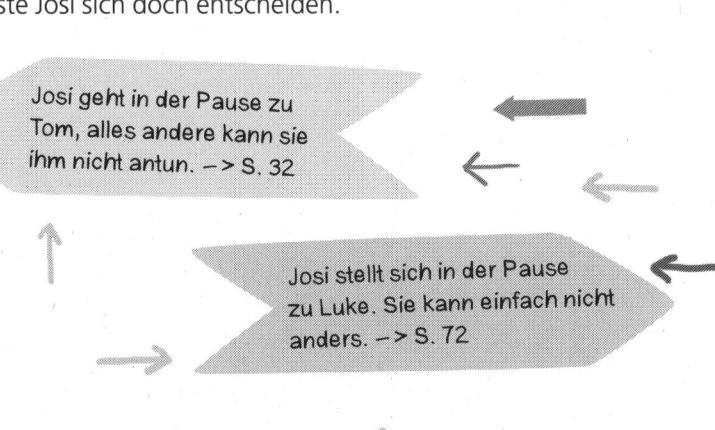

Josi geht in der Pause zu Tom, alles andere kann sie ihm nicht antun. –> S. 32

Josi stellt sich in der Pause zu Luke. Sie kann einfach nicht anders. –> S. 72

Echte Liebe?

Als Josi sich näherte, drehte Tom sich zu Jan, seinem besten Freund. Jan nickte ihr kurz zu. Sein Gesicht wirkte verschlossen, Tom hatte also offensichtlich gerade ein ernstes Gespräch mit ihm geführt. Josi fühlte sich schrecklich.

„Hi", grüßte sie und drängelte sich zwischen die beiden. Sie versuchte, Tom einen Kuss auf die Wange zu drücken, doch er machte einen Schritt zur Seite und so schmatzte sie ins Leere.

„Tom, ich muss mit dir reden", begann Josi. Jan verstand.

„Ich hab echt Hunger", murmelte er. „Werd mir mal ein Brötchen holen."

Schon war er verschwunden.

Komischer Kuss

„Es tut mir leid, wenn du noch sauer bist", sagte Josi schweren Herzens, denn das war nur die halbe Wahrheit. „In London gab's so viel zu sehen. Alles war so aufregend, da habe ich kaum Zeit gehabt zu schreiben."

Tom trat von einem Bein auf das andere.

„Fand ich doof", presste er hervor. „Ich dachte, du magst mich nicht mehr."

Josi schluckte und schüttelte den Kopf. „Natürlich mag ich dich noch!"

Tom zuckte mit den Schultern. „Hast vielleicht jemand anderes kennengelernt, habe ich gedacht", gestand er. „Soll ja so coole Leute da geben."

Josi wurde rot. Konnte Tom Gedanken lesen?

„Quatsch", versuchte sie abzuwiegeln. „Ich war doch immer nur mit Jill unterwegs." Das war nur halb gelogen.

Tom verzog das Gesicht. „Jill ist sicher auch so hübsch wie du. Da hätte es doch sein können ..."

Josi probierte ein Lächeln. „Gehen wir heute ins Kino?", lenkte sie ab. „Ich lade dich ein. Mein Urlaubsgeld hat leider nicht für ein Mitbringsel gereicht."

Toms Miene hellte sich ein bisschen auf. „Okay. Gute Idee. Nur wir zwei?"

Josi nickte. „Nur wir zwei", bestätigte sie. „Sonst wäre es ja kein Geschenk. Und du darfst den Film aussuchen."

Jetzt war Tom wieder halbwegs glücklich. Er nahm Josis Hand und zog sie an sich. Josi wehrte sich nicht, als Tom sie küsste.

Aber richtig fühlte sich das nicht an. Luke geisterte immer noch durch ihren Kopf. Dummerweise auch durch ihre Klasse. Irgendwie musste sie mit diesem Konflikt klarkommen.

„Prima", antwortete sie. Josi sagte sonst nie Prima. Tom musste eigentlich auffallen, dass nichts prima war. Doch er schien das ungewöhnliche Wort nicht einmal zu bemerken. In Gedanken ging er sicher schon die Filme durch, die aktuell liefen.

„Ich check mal das Programm", sagte er und holte sein Smartphone aus der Tasche. Als die Pausenaufsicht vorbeischlenderte, steckte er es jedoch schnell wieder ein. Handybenutzung war auf dem ganzen Schulgelände verboten.

„Na, dann entscheide ich mich heute Nachmittag", murmelte Tom enttäuscht. „Ich schreib dir, wann's losgeht."

Die Pausenglocke läutete. Josi küsste Tom noch ein zweites Mal und diesmal ließ er es zu. Dann lief sie in ihre Klasse.

Auf dem Weg durch die Gänge erwischte Josi sich dabei, wie sie nach Luke Ausschau hielt. Er war nirgends zu sehen.

Auf halbem Weg traf sie Jakob, ihren besten Kumpel in der Klasse. An Jakob schätzte Josi besonders seine Klugheit. In brenzligen Situationen wusste er einfach immer Rat. Außerdem war er sehr sensibel. Jakob ließ sich nichts vormachen. Er schnallte immer, wenn Josefine etwas auf dem Herzen hatte.

„Alles klar bei dir?", erkundigte er sich auch gleich. „Du siehst so verkrampft aus."

Josi atmete schwer. „Nö, alles in Ordnung", log sie.

Jakob lachte bitter. „Das kannst du deiner Oma erzählen. Dein Gesicht sagt etwas anderes."

Josi wollte abwinken, begriff dann aber, dass es keinen Sinn hatte.

„Erzähle ich dir später, ja?", schlug sie vor. „Jetzt muss ich erst mal Mathe hinter mich bringen."

Tatsächlich ließ Jakob sie in Ruhe, beobachtete sie aber im Klassenraum ganz genau. Sosehr Josi sich auch Mühe gab, immer wieder wanderte ihr Blick zu Lukas.

Luke war schräg vor sie gesetzt worden, direkt neben Alice. Josi konnte Alice nicht ausstehen. Umso mehr tat es ihr weh, dass Luke mit ihr herumalberte. Die beiden schienen sich prächtig zu verstehen.

„Na, gut aus London zurückgekommen?", erkundigte Luke sich in der kleinen Pause. Dabei strahlte er sie so offen an, dass Josis Knie weich wurden.

„Kein Problem", flunkerte sie. „Bin heute nur ein bisschen müde."

Luke nickte. „Verstehe. Hast du Lust, heute mit mir ins Kino zu gehen?", fragte er. „Ich hätte total Lust, mal wieder einen Film auf Deutsch zu sehen."

Josi schluckte. Warum wollte Luke denn ausgerechnet ins Kino? Hätte er nicht nach dem besten Eiscafé der Stadt fragen können?

„Öh, nö, heute geht's bei mir nicht", stammelte Josi. „Klavierunterricht."

Luke runzelte die Stirn. „Den ganzen Nachmittag lang?" wunderte er sich. „Dann vielleicht morgen?"

Josi holte tief Luft. Sie brauchte Zeit zum Nachdenken. „Morgen ist besser", sagte sie dann. „Aber genau weiß ich das erst heute Abend."

Lukas zückte sein Handy. Ihm war es offenbar egal, was die Lehrer davon hielten.

„Dann gib mir mal deine Nummer", bat er. „Die kommt bei mir in die VIP-Liste."

Josi leierte ihre Nummer runter. Luke tippte sie ein und kurz darauf vibrierte es in Josis Tasche.

„Jetzt hast du meine auch", sagte Luke. „Ich will natürlich so schnell wie möglich wissen, ob du mit mir ausgehst."

Das Kribbeln machte sich wieder in Josis Bauch breit. Verdammte Gefühle!

„Ja, ich melde mich", murmelte sie und setzte sich an ihren Platz.

Den Rest des Vormittags bekam Josi kaum etwas vom Unterricht mit. Die immer gleiche Frage rauschte durch ihr Gehirn: Warum musstest du in meinem Leben auftauchen, Lukas Kuhn?

Nach dem Unterricht versuchte Lukas, noch mal mit Josi zu sprechen, aber sie wich ihm erfolgreich aus, verließ das Gebäude und schwang sich auf ihr Fahrrad. Luke winkte ihr zum Abschied nach und tat so, als hielte er sich ein Telefon ans Ohr.

Josi lächelte, auch wenn ihr eher zum Heulen zumute war. Warum ließ Luke sie nicht in Ruhe? Vor der Reise nach London war doch alles so einfach gewesen. Sie liebte Tom. Fertig. Jedenfalls hatte sie sich das damals eingebildet. War dieses Gefühl jetzt weg? Konnte es wiederkommen? Hatte Josi ihn vielleicht nie geliebt? Fragen über Fragen. Und keine Antwort.

Zu Mittag aß Josefine schweigend. Ihre Mutter und ihr Bruder plapperten die ganze Zeit über. Was sie sagten, verstand Josi nicht, so als würden die beiden in einer unbekannten Sprache miteinander sprechen. Josi vermisste London. Sie vermisste Jill und Dolores. Und, ja, sie vermisste auch Luke. Dummerweise war er außer dem neuen Kleid das Einzige, was sie aus London mitgebracht hatte. Dabei konnte sie ihn hier gerade überhaupt nicht gebrauchen.

„Ich mach Hausaufgaben", verabschiedete Josi sich und verschwand in ihrem Zimmer. Sie legte ihr Handy in die Dockingstation und machte Musik an. Jill hatte ihr zum Abschied all die Lieder hochgeladen, die sie immer zusammen in der U-Bahn gehört hatten. Das haute Josi vollends um. Sie warf sich aufs Bett und heulte ins Kissen.

Das Leben war so ungerecht! Sollte Liebe nicht das Schönste auf der Welt sein? Warum tat es dann so weh? Musste Leidenschaft wirklich Leiden schaffen? War es nur gut, wenn es wehtat? Oder sollte es gerade das nicht?

Josi boxte mit der Faust dreimal gegen die Wand, doch auch die antwortete nicht.

Dann summte das Handy. Einen Moment lang hoffte Josi, Luke würde ihr schreiben. Doch die Nachricht war von Tom.

```
Film startet 15 Uhr, Palast-Kino
```

Mehr nicht. Nicht: *Ich freue mich auf dich.* Oder: *Sei ruhig unpünktlich, warten auf dich ist wie Weihnachten.* Oder: *Ich bin der mit dem glücklichen Gesichtsausdruck.* So unromantisch konnte nur Tom schreiben. Oder waren alle Jungen so? Josi beschloss, die quälenden Gedanken für heute sein zu lassen, und ging sich das Gesicht waschen. Sie schminkte sich ein bisschen und zog ihr neues Kleid an.

„Du wirst darin so super aussehen, dass er auch was davon hat", hatte Jill gesagt. Josi wollte Tom eine ehrliche Chance geben. Wenn er ihr ein Kompliment machte, würde sie versuchen, Luke zu vergessen. Das nahm sie sich jedenfalls fest vor. Zum Kino fuhr sie extra langsam. Nichts war unattraktiver als ein knallroter Kopf und lautes Japsen, weil man keine Luft mehr bekam. Außerdem wollte sie keine Schweißflecken auf dem neuen Kleid.

Um 14 Uhr 45 kam sie am Palast an. Tom sah nicht so aus, als freute er sich auf die Bescherung am Weihnachtsabend. „Da bist du ja endlich!", sagte er unfreundlich und sah vorwurfsvoll auf seine Uhr. „Wir verpassen ja die ganze Werbung."
Josi schloss ihr Rad ab.
„Ist doch bestens", antwortete sie bissig. „Den ganzen Mist kaufe ich eh nicht. Was sehen wir überhaupt?"
Jetzt strahlte Tom doch wieder.
„*Granaten-George räumt auf*, Teil 13", verkündete er. „Die ersten zwölf waren alle saugeil."
Josi seufzte. Kurz hatte sie tatsächlich gehofft, einen schönen Film zu sehen. Nun musste sie 90 Minuten mit anschauen, wie ein hohler Muskelprotz seine Feinde massakrierte.
„Toll!", erwiderte sie enttäuscht. „Das wird ja ein super Nachmittag!"
Tom schien die Ironie nicht zu bemerken. „Ja, echt. Ist in 3-D – aber du zahlst ja."
Plötzlich musterte er Josi. „Was hast du denn da an?", fragte er mit einer Miene, als hätte er in eine Zitrone gebissen. „Rot steht dir gar nicht!"
Josi merkte, wie ihr die Luft wegblieb. Sie hatte ein Kompliment erwartet. Aber was Tom da sagte, war schlimmer als Schweigen.
Gerade suchte sie nach einer passenden Antwort, als zwei Bekannte um die Ecke bogen: Alice und Luke. Schnurgerade gingen die beiden auf den Kino-Eingang zu.

„*Liebesglück unter Palmen* soll echt romantisch sein", hörte sie Luke sagen. „Fast so wie *Titanic*."

Der Anblick von Lukas mit dieser Schnepfe traf Josi wie eine Abrissbirne. Was machte sie hier eigentlich? Verglichen mit Luke benahm Tom sich wie ein Trampeltier. Unsensibel und nervig. Aber noch hatte sie ja die Wahl.

Josi gibt Tom eine allerletzte Chance und geht mit ihm in diesen scheußlichen Film. Auch um Luke zu zeigen, dass sich andere für sie interessieren. –> S. 87

Josi gibt Tom noch vor dem Kino den Laufpass. Langweilen kann sie sich auch alleine. –> S. 118

Josi geht ran

Josi traf Luke an der gleichen Stelle, an der er auch vorhin gestanden hatte. Obwohl sie genau wusste, dass Tom sie beobachtete, ging Josi zu Luke hinüber. Ohne lange zu fackeln, küsste sie ihn auf den Mund. Und es fühlte sich unglaublich an. Verboten und gleichzeitig völlig richtig. Tom hatte sie nie so überschwänglich geküsst. Bei ihm hatte Josi sich sogar manchmal richtig unwohl gefühlt. Zu jung zum Küssen. Scheinbar hatte der Trip nach London sie reifer und erwachsener gemacht. Ein Kind war sie nun definitiv nicht mehr.

„Wow!", sagte Luke. Manche Dinge schienen ihn doch zu überraschen. Er strich sich genussvoll mit dem Finger über die Lippen, als würden dort noch Splitter von seinem Schokoriegel kleben. „Schmeckt gut. Mehr davon!"

Er zwinkerte Josi aufmunternd zu. Josi hätte alles dafür gegeben, Lukas noch einmal zu küssen. Den ganzen Flug von

London hierher hatte sie von nichts anderem geträumt, wenn sie ehrlich war. Doch sie wollte nichts überstürzen. Schon allein wegen Tom nicht. Außerdem sollte Luke auf keinen Fall den Eindruck haben, sie würde mit allen süßen Jungs sofort rumknutschen. Sie war immer vorsichtig gewesen – und soo viele Jungs hatte sie sowieso noch nicht geküsst, obwohl es jede Menge Angebote gegeben hatte.

„Vielleicht heute Nachmittag", sagte Josi. „Hast du da schon was vor?"

Luke lächelte. „Nö", antwortete er. „So viele Leute kenne ich hier ja noch nicht. Du könntest mir die Stadt zeigen. Wo du am liebsten hingehst und so."

Josi strahlte wie die Sonne im August. „Gute Idee. Ist zwar nicht gerade London, aber ein paar coole Plätze gibt es hier auch."

Luke checkte sein Handy, als wollte er auf keinen Fall auch nur eine Sekunde zu spät kommen.

„Um 17 Uhr?", schlug er vor.

Josi nickte. „Weißt du, wo der Goethe-Park ist?", fragte sie. „Am Denkmal treffen wir uns oft."

Wie ein Geschäftsmann tippte Luke den Termin in seinen Timer. „Goethe-Park um fünf. Hört sich gut an. Darf ich noch mal?"

Ohne Josis Antwort abzuwarten, nahm er ihr Gesicht in beide Hände und küsste sie feurig. Das Kribbeln in ihrem Bauch war unbeschreiblich. Luke wusste definitiv, wie man küsste. Nicht zu heftig und nicht zu zart – genau richtig, um bei ihr für wackelige Knie zu sorgen. Fast war Josi eifersüchtig auf die Mädchen, mit denen Luke offenbar geübt hatte. Ihre Kuss-Partner waren dagegen durchgängig eine einzige Enttäuschung gewesen. Das hatte Luke ihr soeben bewiesen.

„Dann bis um fünf", verabschiedete sie sich und schlenderte davon. Dabei war sie noch so geflasht, dass sie mit ihrem Geschichtslehrer zusammenstieß.

„Nana, nicht so stürmisch, Josefine!", sagte der lachend.
Josi wurde rot und entschuldigte sich stammelnd. Wie eine Betrunkene torkelte sie weiter.

Als Josi an Tom vorbeikam, machte der irgendeine Bemerkung zu seinen Freunden, die sie nicht verstand. Etwas Positives war es auf jeden Fall nicht. Alle bis auf Jan lachten dieses spezielle Lachen, dass Jungs besonders dann draufhaben, wenn sie schlecht über Mädchen reden. Warum sie Mädchen ständig abwerten mussten, das verstanden wohl nur sie selbst.

Am liebsten hätte Josi ihrem Freund den Mittelfinger gezeigt, doch dafür war sie zu stolz. Sie nahm sich jedoch fest vor, nach der Schule mit Tom zu reden. Ruhig, nicht zornig – wenn sie das hinkriegte, würde sie sich selbst einen Orden verleihen. Dieses Gespräch im Kopf, saß Josi die letzten Stunden Unterricht ab. Immer wieder wälzte sie kluge Sätze hin und her, die ihr zwei Sekunden später schon wieder total nichtssagend und unpassend vorkamen. Gleich dreimal musste ihr Physiklehrer sie bitten, an die Tafel zu kommen. Josi hatte es einfach überhört. Die Rechnung, die sie dann vorführte, löste bei ihrem Lehrer nicht mehr als ein Stirnrunzeln aus.

Als die Schulglocke sie endlich erlöste, hastete Josi aus der Klasse. Sie traf Tom beim Fahrradständer.

„Tom?", rief sie schon von Weitem.

Er tat so, als hätte er sie nicht gehört, und schloss sein Rad auf.

„Tom!", wiederholte Josi, als sie neben ihm stand.

Er sah auf und tat, als sei er überrascht. „Josi?", sagte er böse. „Dein Name ist doch Josi, oder? Du erinnerst mich ein bisschen an meine Freundin. Die ist aber nicht so eiskalt wie du."

Josi lag eine passende Antwort auf den Lippen, aber sie schluckte sie herunter. Jetzt war nicht die Zeit für Gemeinheiten.

„Tom, es tut mir wirklich leid", entschuldigte sie sich. „Ich will dir nicht wehtun, aber ich habe mich nun mal verliebt. Glaube ich. Es … es war wie in einem schlechten Roman. Luke stand einfach da, er musste gar nichts tun. Er hat mich umgehauen. Sorry. Aber ich finde, ich sollte ehrlich zu dir sein."

Toms Unterkiefer bewegte sich, als würde er ein drei Wochen altes Brot kauen. Er war tief verletzt. Und das schmerzte Josi genauso wie ihn.

„Was heißt das für mich", presste er hervor. „Also, ich meine, für uns? Wie soll das weitergehen?"

Josi sah ihn traurig an. „Ich weiß es nicht, Tom", antwortete sie schließlich. „Aber ich weiß, dass man sich nicht verliebt, wenn mit dem Partner alles in Ordnung ist. Irgendwas fehlt mir bei dir."

Tom senkte den Kopf.

„Es tut mir sehr weh, dich so zu verletzen, glaub mir das bitte", fuhr Josi leise fort. Jetzt erst merkte sie, dass ihr Tränen über die Wangen liefen. Sie war wirklich alles andere als eiskalt.

„Ich möchte nicht mit dir Schluss machen. Aber ich muss das mit Luke ausprobieren. Was dabei herauskommt, weiß ich nicht. Wenn unsere Beziehung eine Chance haben soll, dann geht es nur so. Ich treffe mich heute mit ihm am Denkmal im Goethe-Park. Bitte komm da nicht hin."

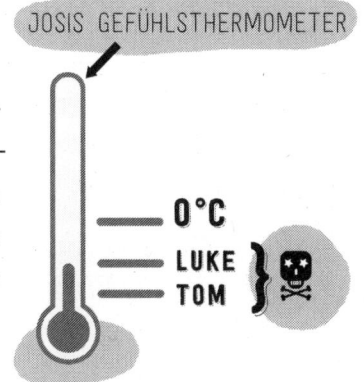

Tom knallte sich seinen Fahrradhelm so grob auf den Kopf, als wäre das Ding an seinem Elend schuld.

„Du triffst dich mit einem anderen Jungen, in den du verliebt bist, und ich soll das aushalten?", stammelte er. „Du verlangst ziemlich viel von mir."

Josi schluckte. „Ich weiß", gab sie zu. „Und wenn es andersherum wäre, würde ich sicher in die Wand beißen vor Wut."
Tom stieg auf sein Rad und wollte losfahren. Josi hielt ihn zurück.
„Tom, du musst mir glauben. Unsere Zeit zusammen war schön. Und es kann noch besser werden. Vielleicht. Aber du könntest auch nicht mit der Sorge leben, dass ich für den Rest meines Lebens an Luke denke und mir ausmale, wie es mit ihm gewesen wäre."
Tom sagte nichts mehr. Er sah Josi nur lange in die Augen. Dann trat er heftig in die Pedale.
Josi blickte ihm hinterher. Vielleicht hatte sie gerade den größten Fehler ihres Lebens gemacht. So oder so, das Treffen mit Luke bereitete ihr großes Herzklopfen.

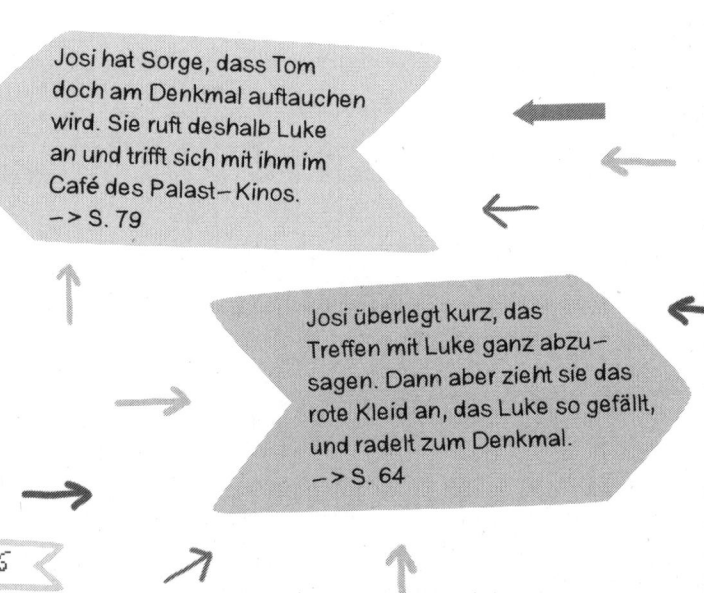

Josi hat Sorge, dass Tom doch am Denkmal auftauchen wird. Sie ruft deshalb Luke an und trifft sich mit ihm im Café des Palast-Kinos.
–> S. 79

Josi überlegt kurz, das Treffen mit Luke ganz abzusagen. Dann aber zieht sie das rote Kleid an, das Luke so gefällt, und radelt zum Denkmal.
–> S. 64

Ein Freund zum Pferdestehlen

Am liebsten hätte Josi sich sofort in Lukes Arme gestürzt und alles andere um sie herum vergessen. So wie es immer in den billigen Vorabendserien im Fernsehen war. Das Herz traf eine Entscheidung und alles war rosarot.
Im echten Leben kam ihr dieses Gefühl gerade ziemlich schäbig vor. Sie hatte wirklich fest daran geglaubt, Tom zu lieben. Jetzt aber fühlte es sich an, als wären die Monate mit ihm vergeudete Lebenszeit gewesen. Tom war unreif und kindisch. Luke hingegen …
Josi stapfte über den Schulhof, bis sie Jakob gefunden hatte. Jakob war echt ein Freund zum Pferdestehlen. Mit ihm konnte Josi wirklich alles besprechen. Egal, ob ihre Eltern nervten, ihr kleiner Bruder sich wie ein Baby benahm, ob sie sich in unerreichbare Jungen verliebte oder einfach nur eine Klassenarbeit versemmelt hatte: Jakob wusste immer Rat.

Nach den Gesprächen mit ihm ging es Josi immer besser als vorher. Die riesigen Probleme, die sie gehabt hatte, schrumpften zu Nichtigkeiten zusammen. Trotzdem lief zwischen ihnen kein Jungen-Mädchen-Ding. Sie verstanden sich super – als Menschen. Nur einmal, vor der Zeit mit Tom, war Josi ein paar Tage in Jakob verliebt gewesen. Damals hatte sie sich aber alle Gefühle verboten, denn Jakob war mit Trixi zusammen gewesen.

An Trixi war nicht nur der Name bescheuert. Die ganze Person war eine Zumutung. Josi hatte nie verstanden, wie so ein toller Typ wie Jakob mit ihr klarkam. Aber so war es nun einmal gewesen und Josi hatte es akzeptiert. Zum Glück hielt

es zwischen Jakob und Trixi nur ein paar Wochen. Doch danach war Josis Verliebtheit in Jakob wie weggeblasen gewesen. Vielleicht auch wegen Trixi. Wenn er die toll fand, dann passten Jakob und sie überhaupt nicht zusammen.
„Ich muss mit dir reden", platzte Josi gleich heraus.
Jakob nahm seine berühmten rosafarbenen Kopfhörer ab. Was die anderen über diese „Mädchenfarbe" dachten, war ihm völlig egal. Er hörte nicht das gleiche Zeug aus den Charts wie alle anderen. Bei ihm lief immer abgefahrene Mucke von völlig unbekannten Bands. Viele Gitarren, viel Gebrüll, aber irgendwie cool.
„Ich habe dich nicht verstanden", rief Jakob viel zu laut.
„Aber ich bin mir sicher, du musst dringend mit mir reden."
Josi nickte. Dann schüttete sie Jakob ihr Herz aus. Sie erzählte von ihrem letzten Tag in London, wie frei sie sich mit Jill gefühlt hatte, wie Luke sie ganz selbstverständlich geküsst hatte, wie blöd sie sich vorkam, weil es ja noch Tom gab, und was sich gerade hier auf dem Schulhof abgespielt hatte. Sie ließ nichts aus.
„Weißt du, am liebsten hätte ich die Erlaubnis, mit beiden zusammen zu sein", schloss sie. „Mal mit Tom auszugehen, mal mit Luke abzuhängen."
Jakob hörte sich alles aufmerksam an. Er fragte nach, wenn er etwas nicht richtig verstand, und schwieg an den richtigen Stellen. Dann dachte er einen Moment lang nach.
„Am besten, du probierst es aus", schlug er dann vor. „Du

kannst dich ja mit Luke ganz normal treffen. So wie mit mir. Ohne küssen und so. Nach ein paar Malen weißt du dann wahrscheinlich schon mehr. Wenn Tom dich wirklich liebt, muss er das aushalten. Wenn nicht, hast du auch etwas Wichtiges rausgefunden."

Jakob sah Josi mit seinen großen blauen Augen an.
Josi strahlte zurück. Genau diesen Rat hatte sie gebraucht.

„Danke!", flüsterte sie, als dürfte niemand von ihrem Geheimnis wissen. „Du warst wie immer eine große Hilfe!"
Sie küsste Jakob auf die Wange. Jakob tat, als fände er das eklig und wischte den Kuss weg. Doch sein Gesichtsausdruck zeigte, dass es ihm gefiel.
Er wollte noch etwas sagen, doch die Pausenglocke kam dazwischen. Um sie herum brachen alle murrend auf, um wieder in die Klassenzimmer zu gehen.
Josi wartete ab, bis Tom und seine Freunde verschwunden waren. Dann machten auch sie und Jakob sich auf den Weg.
Von der Doppelstunde Englisch bekam Josi kaum etwas mit. Nur als Luke sich einmal meldete und ihre Lehrerin in Grund und Boden redete, wurde sie aus ihren Gedanken gerissen. In diesem Moment merkte sie auch, dass Jakob zu ihr herübersah. Josi hob den Daumen und driftete wieder in ihre Träume ab.
Als die nächste Pause anfing, musste Josi eine Entscheidung treffen. Sie konnte und wollte nicht länger warten.

Heutzutage warten Mädchen nicht, bis der Junge ihrer Träume aus dem Quark kommt. Sie geht zu Luke und fragt ihn nach einem Date.
-> S. 41

Josi hat besondere Vorstellungen davon, was ein Junge in einer Beziehung tun sollte. Also schleicht sie um Luke herum in der Hoffnung, dass er sie zu einem Treffen einlädt.
-> S. 52

Vergebliche Liebesmüh

Nach der Schule suchte Josi die halbe Stadt ab, doch Luke war nirgends zu finden. Ein paar Mal war sie versucht, ihn anzurufen. Jill hatte ihr noch in London murrend seine Handynummer gegeben. Aber Josi war zu stolz. Auf gar keinen Fall sollte es so wirken, als würde sie Luke hinterherlaufen – was sie natürlich streng genommen gerade tat. Wieder einmal wünschte Josi sich in diesem Moment eine beste Freundin, mit der sie tagelang auf dem Bett herumlümmeln und alles besprechen konnte. Doch in ihren Kreisen gab es da weit und breit niemanden. Außer Jakob, aber der war eben ganz bestimmt kein Mädchen.

Josi hielt mit dem Fahrrad vor der Eisdiele. Von Luke keine Spur. Vielleicht war er trotz des gutes Wetters zu Hause und packte Umzugskartons aus? Schließlich hatte Josi eine letzte Idee. Sie radelte zum Basketballplatz. Wenn sie sich richtig erinnerte, hatte Luke im Café Sketch eine Bemerkung fallen gelassen, dass er mit seiner Größe ein perfekter Spieler war.

Der Basketballplatz war von einem hohen Maschendrahtzaun umgeben, damit die Spieler nach einem Fehlwurf dem Ball nicht durch die halbe Stadt nachrennen mussten. Hier trafen sich nachmittags die Kids zum Spielen, gegen Abend mussten sie dann den Erwachsenen weichen.

Als Josi näher kam, hörte sie, wie eine Handvoll Jungs sich stritten. Irgendjemand hatte nicht im richtigen Moment gepasst und so den Spielzug verdorben. Luke stand mitten in der aufgeregten Gruppe und brüllte am lautesten. Er trug ein Trikot von einer Mannschaft, die Josi nicht kannte. Es stand ihm natürlich hervorragend.

„Ich werfe, wann ich will", sagte er gerade in seiner ruhigen Art. Den Ball hatte er lässig unter den Arm geklemmt.

Fünf, sechs andere Jungen standen um ihn herum und diskutierten. Das gegnerische Team wartete geduldig in der anderen Hälfte.

Josi stellte ihr Rad ab und stellte sich an den Zaun. Kaum hatte Luke sie bemerkt, änderte sich sein Verhalten.

„Jungs, alles gut", beschwichtigte er. „Beim nächsten Angriff machen wir's besser. Die Loser da drüben knacken wir doch mit links!"

Er ließ den Ball auf den Beton prallen und dribbelte ein paar Mal. Dann passte er unter seinem Bein durch zu einem Mitspieler.

Auch wenn Luke so tat, als hätte er Josi nicht bemerkt, so begriff sie doch, dass er die Show für sie abzog.

Er stürmte nach vorne, bekam den Ball, hob ab und versenkte ihn im Korb.

Die anderen klatschten ihn ab.

„Sauber, drei Punkte!", lobte einer.

Luke blickte kurz zu Josi hinüber und grinste.

Josi hob die Hand, Luke grüßte zurück. Dann konzentrierte er sich wieder auf das Spiel.

Für über eine Stunde blieb das das einzige Zeichen von ihm. Josi fühlte sich schon bald ziemlich bescheuert. Luke konnte sich gerne von anderen Mädchen anhimmeln lassen. Sie war sich dafür zu schade.

BASKETBLÖD!

„Mach's gut, Lukas", verabschiedete sie sich. Ohne seine Reaktion abzuwarten, stieg sie auf und radelte davon.

Keine zweihundert Meter entfernt begann die Fußgängerzone. Wie es der Zufall wollte, standen dort Tom und sein bester Freund Jan zusammen und aßen Döner.

„Hey, Josi!", rief Jan.

Tom sah nur kurz auf. Josi war, als hätten die beiden gerade noch über sie gesprochen.

Sie wollte an ihnen vorbeifahren, aber das kam ihr auch doof vor. Also hielt sie an. Tom war ihr schließlich nicht gleichgültig. Sie war einfach nur verwirrt … Aber vielleicht bekamen sie ihre Probleme ja doch noch in den Griff?

„Kriegt ihr zu Hause nichts?", fragte sie mit Blick auf die Döner.

Jan lachte. „Doch schon, aber alles zu gesund", scherzte er.

Tom grinste und biss ab. Joghurtsoße tropfte auf seine Sneakers.

„Gehen wir am Wochenende in den Fun-Park?", fragte er Josi schmatzend. „Ich habe eine Freikarte, dann kostet es uns jeweils nur die Hälfte."

Josi stemmte die Hände in die Hüften. „Tom?", fragte sie. „Hörst du überhaupt, was ich dir sage? Ich weiß im Moment nicht, wie das mit uns weitergehen soll. Die besten Chancen hast du, wenn du mich einfach eine Weile in Ruhe lässt. Und außerdem: Ich hasse Vergnügungsparks, okay? Ich bin immer nur mitgegangen, weil ich dir gefallen wollte. Ich glaube, dabei habe ich mich irgendwie entliebt."

Jan senkte die Hand mit dem Döner.

„Ich gehe mal besser", schlug er vor. „Dieses Gespräch ist bestimmt nicht für meine Ohren gedacht."

Josi schüttelte den Kopf. „Bleib ruhig", widersprach sie. „Mehr habe ich nicht zu sagen. Und Tom redet sowieso nie mit mir über unsere Beziehung. Er glaubt scheinbar, alles wird wieder gut, wenn er es einfach so weiterlaufen lässt."

Josi hätte sich selbst ohrfeigen können. Was sie hier mit Tom veranstaltete, war echt vergebliche Liebesmüh. Sie klappte den Ständer ihres Fahrrads hoch und wollte abhauen. Da tauchte Luke plötzlich hinter ihr auf. Das Basketballtrikot klebte ihm am Oberkörper.

„Hast du meinen letzten Wurf noch gesehen, Kleine?", japste er außer Atem. „Dadurch haben wir gewonnen. Du hast mir Glück gebracht. Während der Stunde, als du zugesehen hast, ist mir wirklich alles gelungen …"

Er lächelte Josi an. Aber irgendwie galt das Lächeln doch auch Tom. Luke hatte ein Messer in seine Wunde gestoßen und dreimal umgedreht. Jetzt genoss er die Schmerzen seines Kontrahenten.

„Ich mach mich vom Acker", brummte Jan und ging.

Josi seufzte. „Eigentlich habe ich mir nur euer Spiel angesehen, mehr nicht", antwortete sie scharf.

„Ehrlich?", erwiderte Luke. „Ich glaube nicht, dass du was von dem Spiel mitbekommen hast. Außer mir natürlich …"

Tom warf seinen Döner in den Müll, obwohl er gerade mal die Hälfte gegessen hatte. Mit gefährlichem Funkeln in den Augen kam er näher.

„Was soll das?", wollte er wissen. „Willst du nur rumstänkern? Oder hast du noch was anderes drauf als hohle Sprüche?"

Luke lachte wieder, und diesmal war es Josi richtig peinlich. Am liebsten hätte sie Tom untergehakt und wäre verschwunden. Andererseits schlug ihr Herz aber auch für Luke – und er hatte ja recht. In gewisser Weise hatte sie ihn angehimmelt. Aber musste er das Tom so um die Ohren hauen? Ihr war nur noch zum Heulen zumute.

Während sich Tom und Luke weiter angifteten, fuhr Josi davon. Die beiden merkten es nicht einmal.

Josi musste eine Entscheidung fällen. Sie konnte weder Tom noch Luke so in der Luft hängen lassen. Für einen von den beiden musste sie sich entscheiden. Nur für wen?

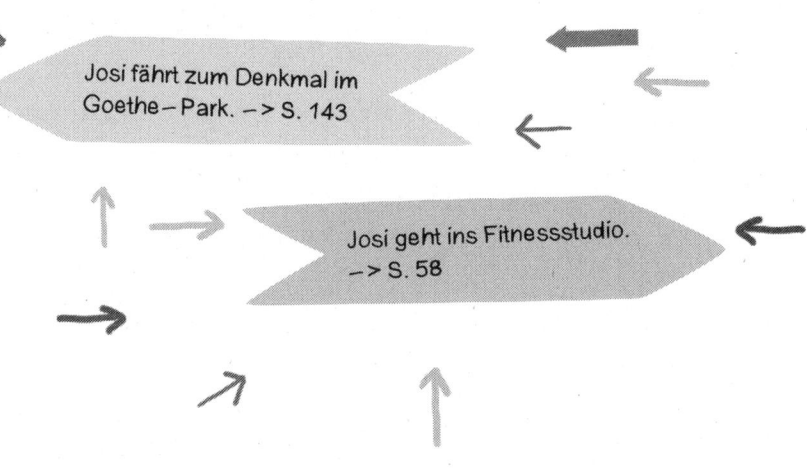

Josi fährt zum Denkmal im Goethe-Park. –> S. 143

Josi geht ins Fitnessstudio. –> S. 58

Schwitzen für die Liebe

Josi hatte den Kaffee auf – wie ihre Mutter so schön zu sagen pflegte, wenn ihr jeder und alles gegen den Strich ging. Tom und Luke, sollten sie ihr doch alle gestohlen bleiben! Dann liebte Josi eben keinen und würde sich als alte Schachtel ins Fäustchen lachen, weil sie immer frei und ungebunden durch die Welt gezogen war. Als alte Oma, einsam in einem Schaukelstuhl …

„Hach!", schimpfte sie, als sie zu Hause ankam. „Ganz ohne Jungs geht es nun mal auch nicht!"

Sie stampfte die Treppe zu ihrem Zimmer nach oben, um ihre Sporttasche für das Fitnessstudio zu packen. Allerdings war sie mit ihren Gedanken so was von woanders, dass sie ihren Badeanzug und die Skibrille in die Tasche stopfte. Als sie die Trinkflasche dazulegte, bemerkte Josi den Fehler, warf alles in die Ecke und holte ihre Leggings und das pinkfarbene Sport-

T-Shirt aus dem Schrank. Dann düste sie wieder ab.

Sport tat gut, solange man ihn im Fernsehen sah, fand Josi. Sich selbst mit kilometerlangen Joggingläufen oder Schwimmen zu quälen, war eigentlich überhaupt nicht ihr Ding. Doch irgendwann hatte ihr Vater sie überredet, sich gemeinsam mit ihm im Fitnessstudio anzumelden. Josi ging seitdem fast regelmäßig hin, ihr Vater nie.

An der Theke wurde Josi von Caleb begrüßt. Caleb war vierzehn Monate älter als sie. Er durfte nur hier arbeiten, weil seinen Eltern das Studio gehörte. Dementsprechend sah er auch aus: fit wie der sprichwörtliche Turnschuh und auch sonst megaattraktiv.

„Na, Süße?", rief er lächelnd. „Warst ja lange nicht mehr hier."

Josi stellte ihre Tasche ab. Die Komplimente von Caleb taten ihr nach diesem Scheißtag mehr als gut.

„Ich war in den Ferien für ein paar Tage in London", sagte sie.

Caleb war begeistert.

„Wow, London!", schwärmte er. „Meine absolute Lieblingsstadt. Warst du im Sketch? Mit den überdimensionalen Straußeneiern als Klokabinen?"

Josi nickte. „Ja, war ich! Das ist ja ein Zufall, dass du das auch kennst!"

Caleb griff hinter sich in den Kühlschrank und holte zwei Apfelschorlen heraus. Eine stellte er vor Josi.
„Geschenk des Hauses", sagte er und steckte einen Strohhalm in die Flasche. „Für treue Gästinnen."
Josi stieß die Luft aus. Sie brauchte jetzt tatsächlich nichts dringender als ein paar Schlucke Flüssigkeit.
„Fährst du da öfter hin?", hakte sie nach.
Caleb nickte. „Yes! Das London Eye bei Nacht – etwas Größeres gibt es nicht!"
Eine Viertelstunde redeten die beiden über Englands Hauptstadt und die tollsten Sehenswürdigkeiten. Caleb kannte sich in London wirklich gut aus. Und er kaufte in den gleichen Shops ein, die Josi so geliebt hatte.

LONDON

„Mein Kleid ist von dort", verriet Josi und drehte sich wie ein Modell.
Caleb pfiff durch die Zähne. „Wahnsinn!", kommentierte er beeindruckt. „Ich hoffe für mich, es war kein Junge dabei, um dich zu beraten?"
Josi zuckte kokett mit den Schultern. „Wer weiß …?"
Sie trank aus und verschwand in den Umkleidekabinen. Caleb kümmerte sich um zwei ältere Männer, die zum ersten Mal ins Studio kamen.
Zuerst lief Josi zwei Kilometer auf dem Laufband. Die Musik aus ihren Kopfhörern trieb sie viel zu schnell an, aber das war heute genau richtig. Als Nächstes legte Josi sich auf die Bank

und stemmte Gewichte. Nach den ersten zehn Malen stand Caleb neben ihr. „Du musst den Arm ganz durchdrücken", riet er. „Sonst geht das zu sehr auf die Ellenbogen."

Sie wechselten die Plätze und Caleb zeigte Josi, wie sie es besser machen sollte.

Josi probierte es aus und wirklich wogen die Hanteln nun scheinbar nur noch die Hälfte. Tom, Jakob, Luke. Die Gesichter ihrer drei Verehrer geisterten ihr durch den Kopf.

„Ihr könnt mich alle mal!", stieß Josi aus. „Ich brauche keinen von euch zum Glücklichsein!"

Nach einer Stunde zog sie sich wieder um. Als sie verschwitzt und mit hochrotem Kopf zum Ausgang wankte, saß Caleb auf einem der Ledersessel vor der Theke.

„Ich habe Feierabend", sagte er. „Gehen wir noch was trinken?"

Josi wollte abwinken, dann aber entschied sie sich anders.

„Warum eigentlich nicht?", fragte sie mehr sich selbst als Caleb.

Caleb schleppte sie in ein Bistro um die Ecke und sie redeten weiter über London. Irgendwann sah Josi auf ihr Handy. Tom hatte ihr zwei Nachrichten geschickt, Jakob eine und Luke gleich fünf. Ohne sie zu lesen, steckte Josi das Ding wieder in ihre Sporttasche.

„Ich muss gehen", sagte sie eine halbe Stunde später. Caleb zahlte.

„Sehen wir uns wieder?", wollte er wissen, als Josi ihr Fahrrad aufschloss.
Josi lächelte. „Klar, nächste Woche komme ich wieder trainieren."
Caleb schüttelte den Kopf.
„Das meine ich nicht", antwortete er mit ernster Miene. „Ich meine so wie eben, in einem Café oder so."
Josi schwang sich auf den Sattel. „Vielleicht", sagte sie leise. „Es war schön mit dir, aber im Moment ist mein Kopf nicht frei für so was."
Caleb fühlte sich nicht zurückgestoßen, er verstand.
„Zum Glück weißt du ja, wo du mich finden kannst."
Josi trat in die Pedale. „Ja!", rief sie zurück. „Ja, in London!"

Ein paar Wochen noch schleppte Josi die Erinnerungen an diesen Tag wie einen schweren Rucksack mit sich herum. Tom und Luke benahmen sich seltsam ihr gegenüber. Kühl und abweisend. Luke fing sogar extra etwas mit Alice, der Klassenschönheit, an, nur um Josi wehzutun. Aber damit erreichte er nichts. Luke hatte sich selbst ins Aus gestellt und Tom keine Sekunde lang für sie gekämpft. So einen Freund brauchte Josi nicht. Stattdessen ging sie immer häufiger mit Caleb aus. Caleb bemühte sich um sie, ohne etwas von Josi zu verlangen. Er war freundlich und zeigte ihr mehr als deutlich, wie sehr er sie mochte.
Ein halbes Jahr später küsste Josi Caleb zum ersten Mal. Noch

ein paar Tage später waren sie fest zusammen und sind es bis heute. Luke und Tom haben sich angefreundet, wahrscheinlich, um über Josi abzulästern. Doch das lässt Josi völlig kalt. Sie hat ihre große Liebe gefunden und dabei haben die beiden ihr sogar ein bisschen geholfen.

Ende

Unter den Augen des Dichters

Überpünktlich traf Josi im Goethe-Park ein. Es war nicht die Sorte Park, wo Geranien in Reih und Glied stehen und Gärtner das ganze Jahr über in den Beeten herumtrampeln. Hier gab es uralte Bäume und wild wuchernde Hecken, Büsche und andere Pflanzen. Sehr romantisch, wenn man die richtige Begleitung hatte.

Josi liebte diesen Platz in der Stadt sehr. Sie stieg ab und schob ihr Rad. Eichhörnchen flüchteten vor ihr auf die Bäume. Vögel zwitscherten. Sie alle hatten keine Ahnung von der Liebe, von ihnen war keine Hilfe zu erwarten.

Viel zu schnell erreichte Josefine das Denkmal des Dichters. Hier hatte sie Stunden mit Jakob verbracht, ihrem besten Freund. Tom hingegen fand den Park nicht verwunschen, sondern stinklangweilig. Er stand mehr auf Action, schlug für Ausflüge lieber Vergnügungsparks vor, wo es Achterbahnen gab und Autoscooter. Was Luke wohl zu ihrem Lieblingsort sagen würde? Josi war gespannt.

Sie schloss das Fahrrad an einem gusseisernen Zaun an und hockte sich auf die Stufen des Denkmals. Überall lagen Pappschachteln von Imbissbuden herum, leere Getränkeflaschen und Scherben. Die Mülleimer daneben waren leer. Josi hatte nie kapiert, was daran cool sein sollte, seinen Müll liegen zu lassen.

Sie checkte ihr Handy. Noch zehn Minuten. Ob Luke wohl pünktlich war? Für Josi war es ein Zeichen von Respekt, wenn man seine Verabredung nicht warten ließ. Mit seiner eigenen Zeit konnte man ihrer Meinung nach umgehen, wie man wollte. Aber nicht mit der Zeit von anderen Menschen.

Sie lehnte sich an die Statue und versuchte, nicht an das Treffen mit Luke zu denken. Was Goethe wohl zu der ganzen Sache gesagt hätte? Josi kannte seine Werke nicht besonders gut, aber wenn sie sich richtig erinnerte, ging es in seinen Büchern und Gedichten oft um die große Liebe. Nicht um das Alltägliche, sondern um tiefe Gefühle. Irgendwo hatte Josi gelesen, dass die meisten Menschen lieber eine schlechte Beziehung hatten als gar keine. Traf das für sie und Tom zu? Tom hatte Josi gefragt, ob sie mit ihm gehen wollte, und Josi hatte Ja gesagt. Klar, sie mochte ihn. Aber Liebe? Hatte sie das wirklich gespürt? Josi konnte diese Frage nicht beantworten. Dafür war sie seit ihrer Rückkehr aus London viel zu verwirrt.

„Da bist du ja", grüßte Luke schon von Weitem.

Josi drehte sich um. Luke kam strahlend den Parkweg entlang. Er fuhr ein nagelneues Mountainbike.

„Ja, da bin ich", antwortete sie. Unauffällig sah sie auf ihr Smartphone. Eine Minute vor fünf. Luke war pünktlich, ein gutes Zeichen.

„Das ist echt ein schöner Park hier", schwärmte Luke. „In London gibt es auch ein paar solche Ecken, zum Beispiel in Notting Hill. Die Touristen stehen lieber in Schlangen an, um Kirchen und Museen zu besichtigen. Aber für mich zeigen Parks den wahren Charakter einer Stadt."

Wow! Josi war beeindruckt.

Luke ließ sein Rad gegen Josis fallen, hockte sich neben sie und wollte sie küssen. Mitten in der Bewegung hielt er aber inne.

„Wir sind ja zum Reden hier, oder?", fragte er vorsichtig.

Josi nickte scheu. So gern sie Luke in diesem Augenblick geküsst hätte, es wäre ihr zu schnell vorgekommen. Schließlich war sie offiziell noch mit Tom zusammen.

„Worüber reden wir?", wollte Luke wissen. „Übers Wetter?" Er zwinkerte ihr zu.

Josi biss sich auf die Lippen. Sie hatte keine Ahnung, wie es weitergehen sollte. Goethe blickte streng zu ihr herunter. Wahre Liebe!, schien dieser Blick zu bedeuten. Du bist ihr auf der Spur!

„Was hast du gedacht, als du mich zum ersten Mal gesehen hast?", flüsterte Josi plötzlich.
Luke grinste. „Dass du ein wunderschönes Kleid anhast", kam die Antwort wie aus der Pistole geschossen. „Und dass es perfekt zu dir passt, weil es so schlicht ist."
Josi war wie vor den Kopf gestoßen.
„Du meinst, weil ich auch so schlicht bin?"
Luke sah sie ernst an. „Nein, spinnst du?", empörte er sich. „Genau das Gegenteil! Du brauchst schlichte Kleidung, damit nichts von deiner Schönheit ablenkt."
Josi schluckte. So etwas hatte noch niemand zu ihr gesagt.
„Äh, uh, danke", würgte sie hervor. „Meinst du das ernst oder spielst du nur mit mir und beobachtest, welche Sätze bei Mädchen am besten ankommen?"
Luke wirkte beleidigt. „Traust du mir das wirklich zu?", wollte er wissen. „Für Spielchen bist du viel zu wertvoll."
Jetzt war es so weit. Josis Widerstand war gebrochen. Sie lehnte sich zu Luke und küsste ihn. Erst nur ganz sanft, dann heftig.
„Wieso kannst du das?", fragte Josi, als sie wieder Luft bekam. „Genau das sagen, was ich hören möchte?"
Luke zuckte mit den Schultern.
„Von meinen Freunden in London jedenfalls nicht", berichtete er. „Die haben immer nur so Machosprüche über *Weiber* abgelassen. Aber ich habe Mädchen immer verehrt."
Josi wurde es heiß und kalt.

„Hattest du schon viele Freundinnen?", platzte sie schließlich heraus. Sie hatte Angst vor Lukes Antwort.

Luke holte tief Luft. Brauchte er die, um jetzt eine ellenlange Liste von Namen herunterzurasseln?

„Ein paar schon, aber die waren nicht wichtig", gab er zu. „Nur in eine war ich richtig verknallt. Und du kennst sie. Es war Jill."

Josi schluckte. Das erklärte natürlich alles! Deshalb war Jill am letzten Tag plötzlich so merkwürdig gewesen. Sie hatte ein eigenes Ding mit Luke am Laufen.

„Jill wollte mich auch, anfangs", redete Luke weiter. „Doch dann konnte sie das an mir, was sie zunächst gut gefunden

hatte, nicht mehr ertragen. Dass ich eben so bin, wie ich bin. Wenn ich mich für ein Mädchen entscheide, trage ich es auf Händen. Doch zu allen anderen bin ich auch nett. Manchmal flirte ich sogar. Aber ich weiß immer, wohin ich gehöre."

Josi spürte Unruhe in sich aufsteigen. Sie stand auf und ging ein paar Schritte im Kreis. Luke gefiel ihr außerordentlich. Seine Klugheit, seine Reife und auch seine Ehrlichkeit. So offen hatte Josi noch nie einen Jungen reden hören. Sie hatte das Gefühl, ihn schon ewig zu kennen, und gleichzeitig war jeder Satz, jede Bewegung von ihm so neu und aufregend.

„Sollen wir ein bisschen laufen?", schlug Luke vor. „Ich kriege langsam einen kalten Hintern."

Er hielt Josi seine Hand hin. Josi zog ihn hoch, doch Luke ließ nicht los. Tom hatte sich immer ein bisschen geschämt, mit Josi Händchen zu halten. Luke hingegen schien es zu genießen. Hand in Hand schlenderten sie Richtung Innenstadt. Ihre Fahrräder ließen sie einfach stehen. Erst als die Fußgängerzone in Sichtweite kam, zog Josi ihre Hand weg. Luke sah sie erstaunt an.

„Es ist ein bisschen kompliziert", begann Josi zu erklären. „Ich habe nämlich einen Freund, wie du sicher bemerkt hast. Er heißt Tom und ich will ihn nicht verletzen. Aber in dich bin ich auch verliebt. Und gerade weiß ich gar nichts mehr."

Wie aufs Stichwort tauchte aus dem Nichts plötzlich Tom auf. Er hatte offensichtlich schon eine ganze Weile am Eingang des Parks gestanden. Auf wen er da gewartet hatte, war auch klar. Als er nämlich Luke und Josi kommen sah, richtete er sich auf wie ein Boxer vor dem Kampf.

„Lass die Finger von meiner Freundin, kapiert, Digger?", knurrte er, schob Josi grob zur Seite und baute sich vor Luke auf. Obwohl Tom zwei Jahre älter war, war Luke doch um einiges größer.

Luke grinste. Nicht sexy wie auf dem London Eye, sondern höhnisch und überlegen.

„Meine Finger gehen dich gar nichts an, du Spacko", konterte er. „Ich bin ein freier Mensch und du nicht mein Aufpasser."

Josi trat zwischen die beiden.

„Könnt ihr bitte aufhören!?", bat sie, Tränen in den Augen. An dem Streit war alleine sie schuld, also musste sie ihn auch schlichten. Nur wie?

Tom tat so, als hätte er Josi gar nicht gehört.

„Wenn du meine Freundin noch einmal anfasst, wirst du sehen, was mich deine Finger angehen", rief er aufgebracht. „Dann breche ich sie dir nämlich."

Luke lachte höhnisch.

„Ehrlich?", sagte er provozierend. „Da bin ich aber gespannt!"

Er hob den Arm und pikste Josi in die Seite. Einmal, zweimal, dreimal.

Josi hatte das Gefühl, im falschen Film zu sein.

„Hört auf, ihr Deppen!", keifte sie. „Ich bin kein Sandschäu-

felchen, um das ihr euch wie Kindergartenkinder kloppen könnt! Ich bin ein Mensch!"
Keiner der beiden Jungen beachtete sie.
"Noch einmal und ich klatsch dir eine!", schrie Tom.
Wieder berührte Luke Josi mit dem Zeigefinger.
Das war zu viel! Josi ließ die beiden stehen und lief davon.

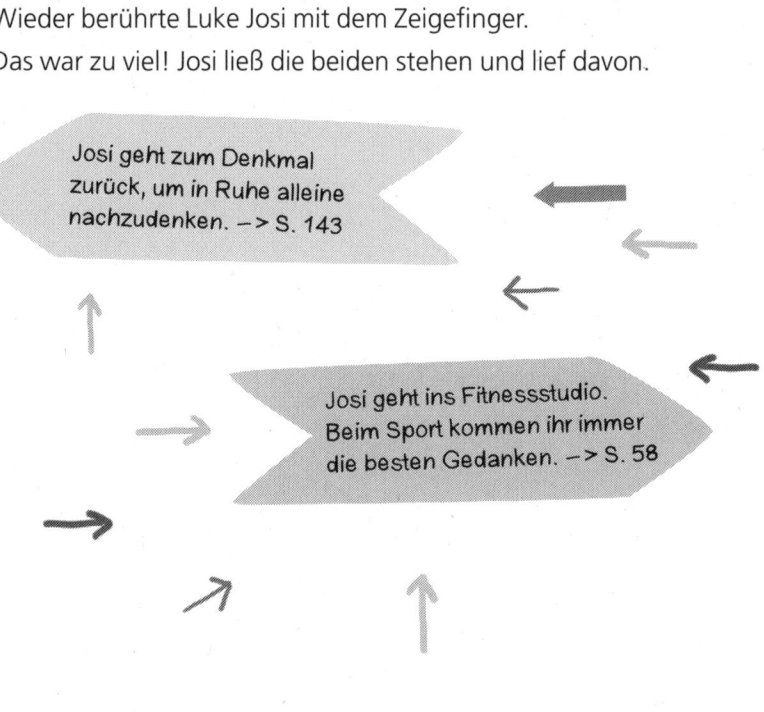

Josi geht zum Denkmal zurück, um in Ruhe alleine nachzudenken. —> S. 143

Josi geht ins Fitnessstudio. Beim Sport kommen ihr immer die besten Gedanken. —> S. 58

Süße Sachen

Josi brauchte nicht lange nachzudenken. Ihr Verstand sagte ihr zwar, dass sie Tom tief verletzten würde. Doch ihr Herz zog es zu Luke. Sie hatte so viele Fragen und vor allem wollte sie prüfen, ob sie wirklich in ihn verliebt war oder ob ihre Gefühle nur durch den Zauber des Moments entstanden waren. Bei der traumhaften Riesenradfahrt an ihrem letzten Tag in London.

Lange suchen musste Josi nicht. Luke lehnte auf dem Pausenhof an einem der jungen Bäume, die der Hausmeister im letzten Jahr gepflanzt hatte. Luke stand dort, als könnte ihn nichts überraschen. So als wüsste er genau, was in welcher Situation zu tun war. Sehr männlich und doch sehr jungenhaft. Und mit seinen ultracoolen Klamotten wirkte er auf dem Schulhof wie ein Alien. Die anderen Jungen in seinem Alter bekamen ihre Sachen noch von Mutti gekauft.

„Das hast du gewusst, oder?", sprach Josi direkt ihre dringendste Frage aus. „Dass wir uns so schnell wiedersehen würden?"

Luke lächelte. „Klar", antwortete er. „Meine Eltern haben mir schon vor einem halben Jahr von unserem geplanten Umzug erzählt. Als Dolores uns dann eingeladen hat, hat sie gleich gesagt, dass wir wohl auf eine Schule gehen würden. Dass ich aber auch noch in deine Klasse komme, wusste ich nicht."

Er zog einen Schokoriegel aus der Tasche, riss ihn auf und biss ab. Josi hatte noch nie einen Jungen so sexy kauen sehen. Warum nur war alles an Lukas so außergewöhnlich?

„Willst du auch?", fragte Luke beiläufig und hielt Josi den Riegel hin.

Normalerweise mochte Josi all diese ultrasüßen Dinge nicht – außer Jungs. Jetzt aber konnte sie nicht Nein sagen. In den gleichen Riegel zu beißen kam ihr vor, als würde sie Luke noch einmal küssen. Es schmeckte süß, aber nicht, weil so viel Zucker darin steckte.

„Gut, oder?", flüsterte Luke. „Hab ich noch aus London. Die Marke gibt's hier nicht, glaube ich. Leider bin ich süchtig danach."

Josi nickte und gab Luke den Riegel widerwillig zurück. Sie wusste leider genau: Sie hatte Herzen in den Augen, die sie nicht wegblinzeln konnte.

„Warum hast du mir nichts verraten?", wollte sie wissen. „Es hätte mir den Abschied leichter gemacht."

Josi merkte erst, als die Worte ihren Mund verlassen hatten, dass sie Luke soeben ein Liebesgeständnis gemacht hatte. Er aber strich sich nur eine Haarsträhne aus dem Gesicht. Ihn schien wirklich nie etwas zu überraschen.

„Ich wollte, dass du ein bisschen leidest", gestand er grinsend. „Das hat unser Wiedersehen doch nur noch schöner gemacht …"

Josi setzte eine empörte Miene auf, lächelte aber dabei.

„Du bist sehr von dir überzeugt, oder?", hakte sie nach. „Du meinst, dir kann keine widerstehen, stimmt's?"

Luke stieß sich mit dem Fuß vom Baumstamm ab und stand jetzt aufrecht vor ihr. Er war etwa einen Kopf größer als sie. Und als Tom. Sie mochte es, wenn ein Junge größer war, das merkte sie jetzt. Irgendwie war es ein schönes Gefühl. Es strahlte Sicherheit und Geborgenheit aus. Einen Mann zum Anlehnen konnte wohl jede Frau brauchen, auch wenn sie erst dreizehn war.

„Die Erfahrung hat mich gelehrt, dass es so ist", sagte Luke. Sein Selbstbewusstsein hatte offenbar keine Grenzen. „Wenn ich etwas haben will, bekomme ich es auch. Da bist du keine Ausnahme."

Josi überlegte einen Moment, ob sie den Satz jetzt eingebildet oder cool finden sollte. Sie entschied sich für cool.

„Na, da habe ich ja wohl auch noch ein Wörtchen mitzureden ...", erwiderte sie trotzdem. Zu sicher sollte Luke sich nun auch wieder nicht fühlen. Außerdem gab es da ja immer noch Tom.

Josi spürte Blicke in ihrem Rücken. Und als sie sich umdrehte, sah sie ihn – Tom. Er stand mit seinem besten Freund Jan und anderen Jungen aus der Neunten zusammen. Die Jungs lachten, Tom verzog keine Miene. Offenbar flogen ihm gerade dumme Sprüche um die Ohren, nach dem Motto: „Pass besser auf deine Kleine auf, sonst ist sie weg."

Als sich ihre Augen trafen, drängelte Tom sich durch den Pulk und kam auf Josi und Luke zu. Josis Herz schlug ihr bis zum Hals. Jetzt musste sie mit ihm reden. Nur was?

„Hi, Schatz", sagte Tom, ohne Lukas auch eines Blickes zu würdigen. Er beugte sich vor und wartete auf einen Kuss. So wie sie sich sonst jeden Morgen in der Schule begrüßten. Doch heute hatte Josi nicht die geringste Lust, Tom zu küssen. Nicht vor den Augen von Luke.

„Hi", sagte sie nur knapp. „Das ist Lukas, er ist neu in unserer Klasse."

Tom nickte Luke gespielt gleichgültig zu. Doch in seinen Augen stand blanke Wut. Wie aggressive Hunde, bevor sie sich aufeinander stürzen!, dachte Josi. Und das Weibchen, um das sie kämpfen wollten, war sie. Alice, die Klassenschönheit, genoss solche Momente immer sehr. Sie baute damit ihr Ego auf. Josi hingegen fühlte sich nur mies. Die Liebe hatte sich wie ein Dieb von hinten angeschlichen und sie überrumpelt. Was konnte sie denn dafür? Tom hatte schließlich nichts davon, wenn sie so tat, als wäre nichts passiert. Oder war es ihre Pflicht als seine Freundin, erst mal abzuwarten, wie sich die Sache mit Luke entwickelte? Shit!

„Du bist in der Achten, oder?", antwortete Luke provokant. Ein Spruch, der traf wie ein Faustschlag. Tom biss die Zähne zusammen. Irgendwie brachte er trotzdem eine Antwort hervor.

„Neunte", sagte er schließlich. „Da wo du Bubi in zwei Jahren sein wirst. Oder in dreien, wenn du so ein Loser bist, wie ich annehme."

Luke lachte. Nicht eingeschnappt, sondern überlegen. „Na, mit Englisch werde ich keine Probleme haben", erwiderte er kühl. „Da bin ich besser als unsere Lehrerin, wetten?"

Tom sah Josi an.

„Kommst du?", fragte er. „Der Schlaumeier wird den Weg zurück in die Klasse auch ohne dich finden. Er ist ja so furchtbar klug."

Josi wurde rot. Der Auftritt von Tom passte ihr überhaupt nicht. Schuldbewusst dackelte sie dennoch hinter ihm her. Als sie sich auf halbem Weg zu seinen Freunden noch einmal umdrehte, zwinkerte Luke ihr zu.

„Was sollte das?", schnauzte Josi Tom an. „Luke hat dir nichts getan!" Sie packte Tom an der Schulter und riss ihn herum.

„Ach, nee? Für mich sah das so aus, als wollte er dir gleich an

die Wäsche. Oder du ihm, was ja wohl noch schlimmer ist. Du hast mich total vor meiner Klasse bloßgestellt!"
Josi schluckte.
„Ich gehöre dir nicht!", pampte sie zurück. „Ich kenne Luke aus London, da darf ich ihn doch wohl begrüßen …"
Toms Augen funkelten.
„Ach, daher weht der Wind!", antwortete er. „Aus London ist der Kerl. Und? Habt ihr schon geknutscht? Hast du dich deshalb nie gemeldet, weil du zu beschäftigt warst?"
Josi spürte, wie in ihrem Inneren ein Vulkan ausbrach.
„Du bist ein Vollidiot, Tom!", keifte sie. „Ein eifersüchtiger Gockel, und deine Vorstellungen über Frauen stammen eindeutig aus der Steinzeit. Hau ab und lass mich in Ruhe!"
Damit drehte Josi sich um und ging.
Und jetzt?

★ OLLER GOCKEL ★

Josi geht zurück zu Luke, fällt ihm um den Hals und küsst ihn, um Tom ein für alle Mal klarzumachen, dass es zwischen ihnen aus ist.
-> S. 41

Josi geht zu Jakob, ihrem besten Freund in der Klasse, und bespricht die Lage mit ihm.
-> S. 47

Candle -Light- Lima

„Normalerweise küsse ich Jungs nicht gleich beim ersten Treffen", klärte Josi Luke auf, als sie sich ins Café des Palast-Kinos setzten. Josi hatte eigentlich den hintersten Tisch angesteuert, der von draußen nicht zu sehen war. Doch Luke hatte einen anderen Tisch gewählt: direkt an der großen Fensterscheibe, sodass sie alles mitbekommen konnten, was sich in der Fußgängerzone abspielte. Irgendwie schien er noch nicht zu wissen, dass er nicht mehr in London war. In diesem verschlafenen Nest passierte nie irgendetwas Spannendes. Die selbst gemalten Zettel über einen vermissten Hund waren schon der größte Aufreger.

„Habe ich auch nicht vermutet", antwortete Luke. „Das macht einfach meine besondere Ausstrahlung."

Josi verdrehte die Augen. „Kannst du nicht einmal mit dem

überheblichen Quatsch aufhören?", bat sie. „Das ist ja zwei, drei Mal ganz cool. Aber danach nervt es nur noch."

Luke nickte. „Sorry, manchmal überdreh ich einfach", erklärte er reumütig. „Eigentlich bin ich ziemlich schüchtern.

Josi prustete los. „Du und schüchtern!"

Luke warf einen Blick in die Karte und legte sie dann wieder auf den Nachbartisch.

„Darf ich auch was trinken?", fragte Josi leicht verwirrt.

Luke grinste. „Klar, aber ich habe schon das Beste für dich ausgewählt. – Zwei hausgemachte Holunderblütenlimonaden, bitte!", rief er der Kellnerin zu.

„Hey!", beschwerte Josi sich. „Ich würde gerne selbst aussuchen."

Lukas hob entschuldigend die Hände. „Und?", wollte er wissen. „Was hättest du genommen?"

Jetzt musste Josi lachen. „Die hausgemachte Holunderblütenlimonade, natürlich. Die ist legendär!"

Während sie auf die Kellnerin warteten, warf Josi immer wieder einen Blick nach draußen. Und was sie dort sah, ließ sie zusammenzucken: Tom war da. Er hockte auf dem Rand eines Brunnens und glotzte genau auf ihren Tisch. Luke konnte ihn nicht sehen, denn er saß mit dem Rücken zum Fenster.

Als die Limonaden kamen, war Luke einen Moment lang abgelenkt. Josi sah Tom scharf an und machte eine Handbewegung, als wollte sie ihn nass spritzen: „Hau ab!", formten ihre Lippen, ohne dass sie die Worte aussprach.

Tom grinste provozierend. Er hatte offenbar nicht kapiert, dass er so erst recht alles zwischen ihnen kaputtmachte.

„Auf unser unverhofftes Wiedersehen", prostete Luke Josi zu. Sie stießen an und schlürften das eiskalte Getränk. Doch unter Toms Blicken schmeckte Josi die Limo wie eingeschlafene Füße.

Noch fünf Minuten hielt sie die Situation aus, dann wechselte sie den Platz. Nun saß Josi ganz nah bei Luke und konnte Tom nicht mehr sehen. Luke allerdings musste dieses Umsetzen natürlich falsch verstehen.

„Du bist echt ganz schön stürmisch", sagte er beeindruckt und küsste sie. Josi ließ es geschehen. Mehr noch, sie küsste Luke innig zurück. Das hatte Tom jetzt davon! Warum musste er ihr auch hinterherschnüffeln.

„Schluss jetzt", flüsterte Josi nach endlosen Minuten. Ihre Wangen fühlten sich so heiß an, dass man damit bestimmt die Kerzen auf dem Tisch anzünden konnte. „Erzähl mir von dir. Ich weiß eigentlich nicht viel mehr als deinen Namen."

Luke grinste. „Schade, es war gerade so schön."

Dann begann er aber doch, von sich zu berichten. Josi hörte gespannt zu. Lukas hatte wirklich aufregende Sachen erlebt. Er war in London geboren und aufgewachsen, das wusste sie ja schon. Zwischendurch hatte sein Vater aber auch mal für drei Jahre in New York gearbeitet und Luke mit Familie mitten in Manhattan gelebt. Wahnsinn! Auch sonst hatte er schon die halbe Welt gesehen. Sein Vater war Filmproduzent und nahm Luke oft mit, wenn er im Ausland drehte: Bali, Hawaii, Himalaja, Karibik, Indien, China – überall dort war Luke schon gewesen.

„Und was wollt ihr dann hier?", platzte es aus Josi heraus. Luke bestellte schnell noch eine zweite Runde Limonade, bevor er antwortete.

„Mein Vater hatte Sehnsucht nach seiner Heimat und seinen Job kann er von überall aus machen. Notfalls auch aus 'ner Hängematte in Thailand", klärte er Josi auf. „Für dich ist es ein Abenteuer, mit der U-Bahn durch London zu rauschen. Aber glaub mir, wenn du das jeden Tag machen musst, kann das ganz schön nerven. Etwas Besonderes ist es dann jedenfalls nicht mehr. Du glaubst gar nicht, wie sehr ich mich darüber freue, mit dem Fahrrad zur Schule fahren zu können."

Josi schüttelte ungläubig den Kopf. Wollte Luke sie verschaukeln? Nein, er meinte das wirklich ernst.

Josi und Luke quatschten noch zwei Stunden lang. Die Kellnerin hatte längst die Kerzen auf den Tischen angezündet und allen Gästen Schälchen mit Erdnüssen hingestellt.

„Candle-Light-Limo", scherzte Luke und die Kellnerin lachte mit. Er schaffte es einfach, alle Frauen für sich einzunehmen. Tom allerdings nicht. Josi hatte sich ein paar Mal umgedreht.

Tom saß noch immer auf dem Brunnen. Mittlerweile sah man ihm an, dass der Platz längst nicht so bequem war wie die gepolsterten Café-Stühle.

Bis auf das schlechte Gewissen Tom gegenüber war der Nachmittag einfach unvergesslich. Josi hatte lange nicht mehr so von Herzen gelacht, geflirtet und, ja, auch geküsst wie heute. Die Stunden waren nur so verflogen. Um fünf waren sie ins Café gegangen, jetzt war es bereits halb acht.

„Ich muss los", sagte Josi. Widerwillig stand sie auf. Auf nichts hatte sie in diesem Moment weniger Lust, als sich von Luke zu trennen. Jede Minute bis morgen früh würde ihr wie ein Jahr vorkommen, das wusste sie jetzt schon. Andererseits konnte sie schlecht hier im Café schlafen.

Josi wollte ihre Getränke bezahlen, wie sie es bei Tom immer gemacht hatte. Doch Luke bestand darauf, die ganze Rechnung zu übernehmen. Obendrauf legte er noch ein mehr als großzügiges Trinkgeld. Josi seufzte. So etwas kannte sie von Tom überhaupt nicht. Der hatte immer, wenn er dachte, dass er mal wieder mit Bezahlen dran wäre, das Geld abgezählt auf den Tisch gelegt und sich dann schnell verdrückt, bevor die Kellner wiederkamen. Wie Luke das machte, beeindruckte Josi sehr.

Beim Verlassen des Palast-Kinos warf Josi schnell einen Blick die Fußgängerzone hinunter. Am Brunnen lungerten ein paar jugendliche Punks mit ihren Hunden herum. Tom war verschwunden. Josi atmete auf. Doch mit ihrer guten Laune war es schlagartig vorbei, als sie und Luke Arm in Arm die Eisdiele passierten. Tom hockte dort mit seinen Freunden, einen riesigen Eisbecher vor sich.

Josi wollte umdrehen, aber Tom hatte sie schon gesehen.

„Einfach weiterlaufen", kommandierte sie und wollte Luke loslassen. Der aber hielt ihren Arm um seine Taille fest. Sosehr Josi auch zog, sie bekam ihn nicht frei.

„Lass mich!", zischte sie. Doch Luke hielt nur noch fester. Es tat Josi richtig weh.

„Warum denn?", sagte er und grinste. „Der soll ruhig wissen, wem du gehörst!"

Josi wurde jetzt richtig ärgerlich. Sie riss an ihrem Arm, doch es nutzte nichts.

„Hey!", beschwerte sie sich lauthals. „Ich gehöre immer noch mir selbst. Und mein Arm gehört auch mir. Also lass mich jetzt endlich los!"

Die letzten Sätze hatte Josi so laut gebrüllt, dass Tom und die Jungs sie gehört haben mussten.

Luke hob beide Hände neben den Kopf und machte ein unschuldiges Gesicht.

„Was regst du dich denn so auf, Josefine?", fragte er. „Ich darf dich doch wohl noch anfassen. Den ganzen Nachmittag über hast du dich doch auch nicht so geziert?!"

Josi wurde rot. Alle Jungen in der Eisdiele und auch die Menschen, die sie nicht kannte, hatten diesen Spruch deutlich mitbekommen.

„Hast du 'n Knall?", motzte sie Luke an. Der ganze schöne Nachmittag fiel wie ein Kartenhaus in sich zusammen.
Luke antwortete nicht. Stattdessen ging er zu Tom hinüber.
„Was glotzt du so, häh?", sagte er. „Josi hat sich eben für einen Typ als Freund entschieden und nicht für so ein Weichei wie dich!"
Tom winkte ab. Offenbar hatte er keine Lust auf Streit.
Luke aber gab noch immer keine Ruhe.
„Du willst Josi haben, aber nicht um sie kämpfen", rief er giftig. „Ein Schlappschwanz, das bist du!"
Josi fiel aus allen Wolken. Wie konnte Luke sich nur innerhalb von Sekunden vom Traumtypen in so einen Vollidioten verwandeln?!

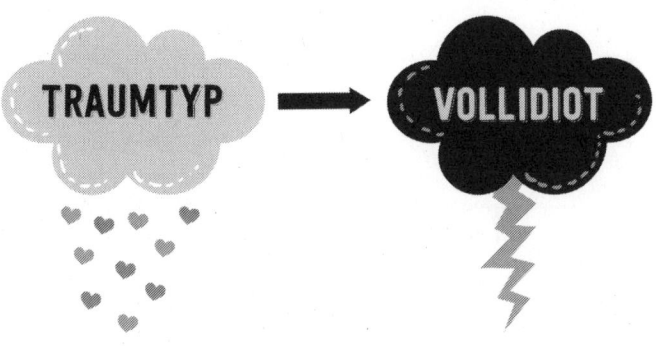

Ihr wurde die Sache zu blöd. Ohne den Ausgang von Lukes Pöbeleien abzuwarten, lief sie davon. Nach Hause aber konnte sie nach der Nummer noch nicht.

Josi braucht mal wieder Rat von Jakob. Sie bittet ihre Eltern per SMS um Ausgang bis 21 Uhr und verabredet sich dann mit Jakob in der besten Pizzeria der Stadt. –> S. 135

Josi geht alleine in den Goethe-Park, um nachzudenken. –> S. 143

Bomben-Bert und Granaten-Günter

Josi atmete kurz durch. Zählte bis drei und packte Tom dann am Arm.

„Komm, sonst verpassen wir nicht nur die Werbung", flüsterte sie ihm ins Ohr.

Der Anblick von Luke und dieser scheußlichen Alice machte sie ganz fertig. Was war das denn bloß für ein Typ? Machte der alles an, was einen Rock trug? Oder knatschenge Jeans, wie in diesem Fall? Hatte er Alice auch Komplimente für ihre Kleidung gemacht? War das alles nur eine Masche und sie, Josi, war darauf hereingefallen?

Josi wollte die Antworten auf diese Fragen lieber nicht hören. Eben noch war sie fest davon überzeugt gewesen, Tom würde sich wie ein Trampeltier benehmen. Nun fühlte sie sich selbst so. Natürlich war Tom ihr am Flughafen nicht um den Hals gefallen. Sie hatte sich ja acht Tage lang nur bei ihm gemeldet, wenn es gar nicht mehr anders ging. Und dann auch noch von einer Beziehung mit Luke geträumt. Das hatte er gerochen wie ein Hund die Leberwurst. Und wenn er das konnte, war er ja wohl kaum unsensibel.

Josi fasste Toms Hand, als sie an der Kasse standen.
„Zweimal *Liebesglück unter Palmen,* im Pärchensessel", hörte sie Tom bestellen. Sie traf fast der Schlag.
„Wollten wir nicht in *Bomben-Bert brettert los*?", hakte sie erstaunt nach.
Tom lachte. „Du meinst Granaten-Günter", verbesserte er sie.
„Nein, solche Filme sind doch was für Flachpfeifen. Ich wollte

nur testen, ob du wirklich Zeit mit mir verbringen willst. Test bestanden!"

Tom wollte Josi einen Kuss auf die Wange hauchen. Diesmal drehte Josi sich zur anderen Seite und ihre Lippen trafen sich. Kurz hatte Josi tatsächlich Angst, Tom könnte den Kuss von Luke noch schmecken. Dann aber schloss sie die Augen und alles in ihrem Kopf drehte sich. Ihr Herz machte einen Sprung, sie genoss den Moment in vollen Zügen.

„Hä-äm!", räusperte sich jemand hinter den beiden. „Nehmt euch ein Zimmer!"

Josi machte die Augen wieder auf. Zwei Jungs aus der Achten grinsten sie unverschämt an.

„Neidisch, was? Kann ich verstehen, so eine Braut kriegt ihr nie im Leben!", gab Tom zur Antwort, legte seinen Arm um Josis Schulter und zog sie mit, um noch eine megagroße Popcorntüte und zwei Cola zu bestellen.

Als sie den Kinosaal betraten, hielt Josi kurz Ausschau nach Luke und Alice. Sie wollte auf jeden Fall vermeiden, sich direkt neben die beiden zu setzen. Plötzlich war ihr zwar völlig wurscht, was Luke an Alice fand. Doch sie wollte sich durch Blicke von Klassenkameraden die Wiedersehensfeier mit Tom nicht kaputtglotzen lassen. Das Kino war zwar gut gefüllt, aber zur Not hätte es noch freie Plätze gegeben.

Luke und Alice waren nicht zu sehen, also ließen Josi und Tom sich auf dem gebuchten Pärchenplatz nieder, einem Doppelsessel mit Samtbezug ohne störende Armlehne zwischen

sich. Noch saßen sie brav nebeneinander wie zwei Klosterschülerinnen, aber das würde sich bald ändern, hoffte Josi.
Und so kam es auch. Kaum gingen die Saallichter aus, legte Tom wieder seinen Arm um sie. Er zog sie dicht an sich und küsste ihre Wange.
„Du siehst übrigens toll aus in deinem neuen Kleid", flüsterte er gegen die dröhnende Werbung an.
Josi pikste ihm in die Seite.
„War das auch ein Test?", fragte sie leise.
Tom nickte. „Ich wollte mich mal richtig arschig benehmen und sehen, ob du mich für kurze Zeit so aushältst."
Josi schüttelte den Kopf. „Da hast du aber ganz schön mit dem Feuer gespielt", sagte sie ernst. „Beinahe hätte ich dich echt stehen gelassen. So was macht man nicht mit seiner Freundin."
Tom nickte. „Tut mir leid, aber es musste sein", entschuldigte er sich. „Ich wollte wirklich sicher sein, wie du nach deiner Schweigewoche in London zu mir stehst."
Josi kuschelte sich an Tom, ihre Schultern drückten gegen seine Brust.
„Dafür muss ich mich entschuldigen", gestand sie. „Wenn du mal in London bist, wirst du mich sicher verstehen. Die Stadt ist soooo cool, da wollte ich keine Sekunde mit Chatten verplempern."
Tom legte sein Kinn auf Josis Scheitel.

„Wenn ich mal in London bin, werde ich dir überhaupt nicht schreiben", sagte er barsch.

Josi erschrak und sah Tom an. Hatte sie etwas Falsches gesagt? Doch sein ernstes Gesicht wurde sofort wieder freundlich.

„Ich schreibe dir nicht, weil ich dich einfach mitnehme", klärte er Josi auf. „Küssen ist viel besser als Liebesschwüre schicken."

Zum Beweis küsste er Josi noch einmal. Noch intensiver als vorhin an der Kasse. Josi wusste nicht, wie ihr geschah. Tom küsste plötzlich so anders als noch vor zwei Wochen. Nicht fordernd und grob, sondern leidenschaftlich und trotzdem vorsichtig. Sicher hatte er ein Buch über richtiges Küssen gelesen.

„Der Film fängt an", wisperte Tom ihr nach endlosen Sekunden ins Ohr.

Josi seufzte. „Liebesglück im Kinosessel finde ich sogar noch besser als unter Palmen", alberte sie.

Tom umfasste ihre Hand ganz fest. Den ganzen Film über ließ er sie nur los, um Josi Popcorn in den Mund zu schieben.

Josi hatte sich noch nie in ihrem Leben an irgendeinem Ort mehr zu Hause gefühlt als in diesem Sessel mit Tom. Da konnten alle Shoppingcenter Londons nicht mithalten. Am schönsten war, dass Tom ihr verziehen hatte.

Viel zu schnell war der Film zu Ende. Wenn Josi ehrlich war, ein furchtbar kitschiges, an den Haaren herbeigezogenes Drama.

„Vielleicht hätten wir uns doch besser für *Pistolen-Paule* entscheiden sollen", seufzte sie, als sie schließlich doch aus dem Doppelsessel aufstehen mussten.

Tom lachte. „Ich dachte, der heißt *Bomben-Bert*?"

Josi schmunzelte. Es machte Spaß, mit Tom so herumzualbern. Dann aber kam der Schock.

Vor dem Kinoeingang stand Luke und wartete – offensichtlich auf Josi? Josi wollte ihm jetzt auf keinen Fall begegnen. Wenn sie zum Ausgang gingen, würde ein Zusammentreffen aber unvermeidbar sein. An ihm vorbeischleichen konnten sie sich nicht. Blitzschnell drehte Josi sich um und betete, dass Luke sie noch nicht gesehen hatte.

„Lass uns noch was trinken, ja?", schlug sie schnell vor.

„Eigentlich wollte ich ja dich ins Kino einladen."

Tom zog sie für einen Kuss an sich.

„Heute zahle ich", erwiderte er wie ein richtiger Gentleman.

Josi lächelte unsicher. „Okay, dann darfst du mir auch einen Eistee ausgeben und …"

Mitten im Satz stockte sie. Im Café, das mitten in der Kinohalle untergebracht war, saß Alice. Sie hatte ihnen den Rücken zugewandt.

„Ich hab's mir überlegt", sagte Tom und blieb ruckartig stehen. „Warum gehen wir nicht lieber in der Stadt ein Eis essen?"

O Mann, was für eine Zwickmühle! Josi wollte Luke nicht treffen, Tom gerne Eis essen. Was nun?

Josi besteht auf ihrem Eistee. Luke will sie auf keinen Fall begegnen. –> S. 127

Josi beißt die Zähne zusammen und geht aus dem Kino. Sie will Tom auf keinen Fall enttäuschen. Doch ein Zusammentreffen von Tom und Luke ist dann unvermeidlich. –> S. 103

Beichtstunde

Josi zeigte Tom einen Vogel.

„Du glaubst doch nicht im Ernst, dass ich noch mal mit dir spreche!", fauchte sie. Dabei versuchte sie hektisch, ihr Fahrradschloss zu öffnen. Doch plötzlich zitterten ihre Finger so sehr, dass ihr der Schlüssel aus der Hand fiel. Natürlich genau in einen Gulli.

„Auch das noch!", stöhnte sie und versuchte, durch das Gitter zu greifen, aber ihr Arm war dafür zu dick.

Tom kniete sich neben sie.

„Lass mich mal versuchen, Schnucki", sagte er. „Wenn ich dich noch Schnucki nennen darf. Von meiner Seite her stimmt das."

Von meiner Seite nicht, wollte Josi knurren. Aber sie verkniff es sich. Diesen Kosenamen hatte sie schon immer schrecklich gefunden. Jetzt erst recht.

Tom hatte offenbar Mist gebaut. Großen Mist sogar. Doch hatte sie selbst das nicht auch? Sie hatte im London Eye mit Luke geflirtet, als wenn es Tom nicht gäbe. Und gekümmert hatte sie sich in den acht Tagen in London wirklich kein Stück um ihn. War es da ein Wunder, dass er sich anders orientierte? Jill hatte es klar und deutlich gesagt: So was macht man nicht, wenn man einen Freund hat.

„Okay", gab Josi klein bei und rutschte ein Stück zur Seite. Tom probierte es auf die gleiche Art wie sie, doch auch ihm gelang es nicht, den Schlüssel wieder aus seinem Gefängnis zu befreien.

„So geht's nicht", murmelte er.
Josi fand den Satz sehr zweideutig.
„Nein, so geht es wirklich nicht", antwortete sie. „So was macht man einfach nicht."
Tom tat so, als hätte er Josis Bemerkung nicht gehört, packte den Gullideckel mit beiden Händen und riss mit all seiner Kraft daran. Quietschend hob sich der Deckel. Tom setzte ihn auf dem Asphalt ab, holte den Fahrradschlüssel aus der Tiefe und gab ihn Josi.
„Danke", sagte sie.
Sie schloss ihr Fahrrad los. Eigentlich war es nur eine Kette mit dicken Gliedern und ein altes Vorhängeschloss aus der Werkzeugkiste von ihrem Vater. Josi schlang die Kette um den Sattel und wollte aufsteigen.

Dann aber überlegte sie es sich anders. Sie wollte hören, was Tom zu sagen hatte.

Sie seufzte und setzte sich neben Tom auf den Bordstein.

„Es tut mir leid", gab er zu. „Ich habe mich mit Alice getroffen und ihr mein Herz ausgeschüttet, ja. Wegen dir und weil du dich nicht gemeldet hast. Aber ich habe ihr nichts ins Ohr geflüstert. Und dass ich nur sie liebe, habe ich schon mal gar nicht gesagt."

Josi nickte. Ob sie Tom glauben sollte, hatte sie noch nicht entschieden.

„Ich war echt verzweifelt", redete Tom weiter. „Alle zehn Sekunden habe ich auf mein Handy gestarrt, doch du hast dich einfach nicht gemeldet. Und da hab ich eben Mist gebaut. Großen Mist …"

Josi holte tief Luft. Wollte sie wirklich alles wissen? Jill hatte mal zu ihr gesagt: Frage nur, wenn du die Antwort vertragen kannst.

„Habt ihr … euch geküsst?"

Der Satz kam ihr nur schwer über die Lippen, und während sie ihn sagte, schoss Josi sofort ein Bild durch den Kopf: Tom und Alice beim Knutschen. Natürlich hatte Alice viel mehr Erfahrung als sie und konnte viel besser küssen. Und sie war hübscher, trug schönere Kleider und war ihr überhaupt in allem überlegen. Josi fühlte sich plötzlich klein und hässlich.

„Nei…", begann Tom. Dann stoppte er. „Ja", würgte er hervor. Auch ihm fiel es schwer zu sprechen. „Am Tag, bevor du aus London zurückkamst, um genau zu sein. Ich war so wütend auf dich und gleichzeitig so traurig. Ich hatte große Sehnsucht nach dir, nach Küssen und Händchenhalten. Das muss Alice irgendwie gerochen haben. Wir haben uns getroffen – und dann ist es irgendwie passiert."

Tom lehnte sich zurück und stützte sich auf die Hände.

„Glaub nicht, dass ich stolz darauf bin", gestand er. „Es dauerte ungefähr fünf Minuten. Dann bin ich zur Vernunft gekommen, hab mich losgerissen und bin nach Hause gefahren. Die ganze Nacht habe ich kein Auge zugemacht, so schlecht habe ich mich gefühlt."

Tom sah Josi tief in die Augen. „Ich liebe doch nur dich", flüsterte er. „Und jetzt habe ich alles verbockt."

Josi holte tief Luft. „Und warum hast du's mir nicht gleich gesagt?", wollte sie wissen. „Das wäre irgendwie ritterlicher gewesen, als darauf zu hoffen, es würde schon Gras über die Sache wachsen."

Tom schloss die Augen. Liefen da tatsächlich Tränen über seine Wangen?

„Ich wollte es dir ja sagen", flüsterte er. „Aber ich hatte so Angst, du würdest mich verlassen. Du sahst so hübsch aus am Flughafen. So umwerfend hübsch. Da dachte ich, ich hätte dich gar nicht verdient. Verstehst du? Ich wäre nicht gut genug für dich."

Josi war geschockt. So offen und emotional kannte sie Tom

gar nicht. Beinahe hätte sie tröstend den Arm um ihn gelegt. Im letzten Moment hielt sie sich jedoch zurück. Sie hatte schließlich vor zehn Minuten mit Tom Schluss gemacht.
So saßen sie schweigend nebeneinander. Einige Fußgänger starrten die beiden an, als kämen sie vom Mars. Und wie aus dem Nichts tauchten plötzlich auch noch die Achtklässler auf.
„Soooo rührend war der Film nun auch wieder nicht", feixte einer von ihnen.
„Jedenfalls haben die anderen Jungs nicht geheult, als sie aus dem Kino kamen", ein anderer.
Zum Glück gingen sie rasch weiter. Tom wischte sich die Tränen ab und stand auf. „Ich gehe jetzt", sagte er. „Vielleicht klappt es ja irgendwann noch mal wieder mit uns. Ich werde dich nämlich immer lieben. Und ich werde mich mein Leben lang dafür hassen, dass ich zu doof war, dich zu halten. Wahrscheinlich bin ich wirklich nicht gut genug …"
Mit hängendem Kopf ging er davon.
Seine Worte versetzten Josi einen Stich ins Herz. Natürlich gefiel ihr nicht, was Tom getan hatte. Doch seine Beichte war ehrlich gemeint gewesen. Und alles, was er danach gesagt hatte, wunderschön. Josi wusste, dass es an der Zeit war, ihm ebenfalls reinen Wein einzuschenken.
„Tom?", rief sie ihm nach.

Er drehte sich um. „Ja?"

Josi sprang auf und lief ihm hinterher. Tom lächelte matt. Josi blieb so dicht vor ihm stehen, als sich ihre Nasen fast berührten.

„Einen Moment lang habe ich gedacht, du würdest mir verzeihen und mich küssen", sagte Tom traurig.

Josi schüttelte den Kopf. „Nein", erwiderte sie. „Ich muss dir nämlich auch was erzählen, was mich quält. Vielleicht willst du mich danach gar nicht mehr küssen."

Tom fasste nach ihrer Hand.

„Du spinnst", flüsterte er. „Was sollte das sein?"

Josi machte einen Schritt zurück. Ohne dass die beiden es merkten, spazierten sie los. Kreuz und quer durch die Innenstadt. Ihr Fahrrad ließ Josi einfach stehen. Es war ein warmer Tag und vor den Cafés und Restaurants saßen die Menschen in der Sonne. Alle schienen glücklich zu sein. Sie beide, so schien es Josi, waren die Einzigen, die keinen Grund zum Lachen hatten.

„Ich habe in London auch jemanden geküsst", beichtete Josi schließlich, als sie den Fluss erreichten. Enten quakten, Jugendliche lagen im Gras, ein altes Ehepaar schlenderte vorbei.

Tom nickte nur. „Das hatte ich im Gefühl", sagte er matt.

Josi blieb am Ufer stehen.

„Es war Lukas, der Neue in unserer Klasse."

Und dann erzählte sie Tom alles. Von der Freiheit, die sie in London gespürt hatte. Von den aufregenden Ausflügen mit

Jill. Von den Sehenswürdigkeiten der Stadt, den coolen Geschäften und dem verrückten Café Sketch. Von Dolores, ihren Freunden und wie plötzlich Luke seinen Arm um sie gelegt hatte. Josi schüttete ihr Herz aus, bis wirklich überhaupt kein Geheimnis vor Tom mehr darin war. Selbst jeden Gedanken, den sie sich in dieser Woche über ihre Beziehung gemacht hatte, verriet sie.

Tom hörte sich alles schweigend an. Kein einziges Mal unterbrach er sie, kein Mal machte er eine dumme Bemerkung oder irgendwelche Vorwürfe.

Als Josi fertig war, fühlte sie sich leicht wie eine Entenfeder.

„Ich verzeihe dir", murmelte Tom. „Bevor du weggefahren bist, habe ich mich manchmal auch echt wie ein Trottel benommen. Aber als ich dich dann nicht mehr hatte, wurde mir klar, dass ich mich ändern muss. Nun ist es dafür zu spät."

Josi blieb stehen, mitten auf der Brücke.

„Nein", antwortete sie und es gelang ihr sogar wieder ein Lächeln. „Ich verzeihe dir nämlich auch. Und wie heißt es so schön, wenn man heiratet: zueinanderhalten, in guten wie in schlechten Zeiten."

Sie lachte. „Wir sind zwar noch nicht verheiratet, aber ich finde, die schlechten Zeiten haben wir hinter uns. Geben wir den guten Zeiten jetzt auch noch eine Chance?"

Als Antwort presste Tom Josi ganz fest an sich. Er küsste sie mit der Verzweiflung eines Verdurstenden. So, als hätte er ein ganzes Leben lang auf diesen einen Kuss gewartet.

Josi fühlte, wie Tom nach ihrer Hand griff.
„Was ist das?", fragte er verwirrt.
Beide sahen sie auf Josis Hand. Darin hielt sie noch immer das alte Vorhängeschloss.
Josi wollte es in die Tasche ihres Kleids stecken, doch Tom strahlte sie an, als hätte er im Lotto gewonnen. „Weißt du was", schlug er vor, „das Schicksal hat uns nicht ohne Grund auf diese Brücke geführt. Hier sollen wir allen zeigen, dass unsere Liebe so lange hält wie das Eisen dieses Schlosses."
Er nahm Josi das Schloss aus der Hand, schlang den Bügel um eine Strebe des Brückengeländers und drückte es zu.
„Für immer!", sagte Tom feierlich.
„Für immer!", wiederholte Josi. Und dann küssten sie sich.

Drei Jahre später kommen Josi und Tom noch immer regelmäßig auf die Brücke zu ihrem Schloss. Besonders dann, wenn es in ihrer Beziehung mal nicht so läuft. Sie sind tatsächlich immer noch zusammen. Vielleicht gerade weil sie so viel miteinander sprechen? Mittlerweile ist es fast schon schwer, das Vorhängeschloss zu finden. Tausende von anderen Paaren sind ihrem Vorbild gefolgt und haben sich hier auf der Brücke ewige Liebe und Treue geschworen und ein Schloss ans Geländer geklemmt.

Lukes Eltern waren nach sechs Monaten Heimweh wieder zurück nach London gezogen. Luke war das nur recht gewesen. Er war wirklich in Josi verliebt, hatte aber keine Chance mehr.

Alice hat noch ein paar Mal versucht, Tom anzubaggern, doch bei ihm biss sie auf Granit. Mittlerweile hat sie auch einen festen Freund und findet es ätzend, wenn sich eine andere an ihn ranmacht. Dadurch ist sie ins Grübeln gekommen, hat sich geändert und ist fast schon erträglich geworden.

Und Jill? Mit Jill schreibt Josi sich jeden Tag. Manchmal chatten sie, bis die Handys glühen, so kommt es ihnen vor. Im Moment ist Jill in einen Kunststudenten verliebt, der sieben Jahre älter ist als sie. Falls da nichts läuft, findet sie aber auch David aus ihrer Klasse süß. Mal sehen, was daraus wird.

Tom und Josi haben auf jeden Fall seit diesem besonderen Tag vor drei Jahren niemand anderen mehr geküsst. „Wen auch?", sagt Tom manchmal, wenn er Josi ärgern will. „Besser küssen als ich kann sowieso keiner."

Dann lacht Josi und antwortet: „Da bin ich mir nicht sicher: Beweise es!" Was Tom nur zu gerne tut.

Ende

Hahnenkampf

Josi kam nicht dazu, auch nur ein Wort zu sagen. Tom und Luke umkreisten sich wie zwei Hähne bei einem Kampf auf Leben und Tod.

* OLLER GOCKEL * „Warum verschwindest du nicht wieder dahin, wo du hergekommen bist, Gel-Boy?", sagte Tom giftig. „Hier wird es sonst in den nächsten Wochen sehr ungemütlich für dich."

Um zu beweisen, wie ernst er die Sache meinte, nahm er die Fäuste hoch wie ein Boxer.

Luke lachte höhnisch, als würde er sich auf die bevorstehenden Schläge freuen.

„Meinst du das ernst, Kleiner?", fragte er wie der Sheriff in einem schlechten Western.

Tom spuckte auf den Bürgersteig.

„So wahr ich hier stehe", antwortete er wie ein echter

Macho. „Du glaubst wohl, nur weil du neu auf unserer Schule bist, haben alle Mädchen auf dich gewartet, hä?"

Luke krempelte sich mit gespielter Gelassenheit die Ärmel hoch.

„Josi auf jeden Fall", warf er Tom an den Kopf. „Ihr Typ soll ja so ein Langweiler sein. Nur Scheißfilme im Kopf. Und 'n Haufen Stroh natürlich …"

Tom schnaubte. „Du bist so ein Lackaffe", konterte er. „Ein Schnösel aus London. Als wenn das ein Verdienst wäre, in der Großstadt aufzuwachsen!"

Josi rollte mit den Augen. Dieses Jungsgetue war ja echt nicht zum Aushalten.

„Hey", ging sie dazwischen. „Könnt ihr nicht normal miteinander reden? Mir wird übel, wenn ich euch höre."

„Du kotzt die Lady an", stänkerte Luke. „Mach dich aus der Sonne, du verpestest hier echt die Luft."

Tom kam zwei Schritte näher. „Das kann dir ja nicht passieren", gab er zurück. „Dein Weiberparfüm überdeckt ja jeden Eigengeruch!"

Er lachte. Aber nur kurz. Dann sprang Luke vor und verpasste ihm einen Schlag in den Magen.

Tom japste, vergaß dabei aber nicht, höhnisch zu lachen. „Ohoho!", spottete er. „Prügeln sich so die Schnösel in London? Da muss ich dir wohl mal ein bisschen Nachhilfe geben!"

Ansatzlos schlug er Luke in die Rippen. Das tat weh! Doch

Luke wollte sich keine Blöße geben. Er zuckte nur kurz, wich aber keinen Schritt zurück.

„Gähn!", rief er, packte Tom und nahm ihn in den Schwitzkasten. Tom versuchte sich freizukämpfen. Immer wieder bearbeitete er Lukes Bauch mit seinen Fäusten. Da er nicht weit ausholen konnte, blieben die Treffer aber beinahe wirkungslos.

Josi griff Luke an den Arm und versuchte, ihn wegzuziehen.

„Habt ihr 'n Knall?", schrie sie. „Meint ihr wirklich, Prügeln ist attraktiv?"

Luke wollte antworten, da stellte Tom ihm ein Bein. Ineinander verkeilt, wälzten sich die beiden auf dem Bürgersteig. Bald waren sie von grölenden Jugendlichen umringt.

„Was ist denn hier los?", fragte Jakob, der gerade aus dem Kino kam. Mit Jakob war Josi schon seit dem ersten Schultag befreundet. Erst hatten sie noch zusammen gespielt, jetzt hingen sie gerne zusammen ab, machten Quatsch oder glotzten zusammen hundert Folgen ihrer Lieblingsserie hintereinander.

Seit einem Jahr wusste Jakob alles von Josi und umgekehrt. Damals hatte Josi wegen einem Typen aus der Zehnten schrecklichen Liebeskummer gehabt. Jakob hatte sich rührend um sie gekümmert, sie getröstet und Josi sogar ihre sauteure Lieblingsschokolade gekauft. Er wusste also wirklich, wie Mädchen tickten.

Jakob stupste Josi an. „Mmmh?"

Sie winkte genervt ab.

„Es geht um mich", verriet sie. „Mit wem ich mich treffe. Ziemlich albern. So als hätte ich da überhaupt kein Wörtchen mitzureden ..."

Jakob sah sie entgeistert an. „Warum auch?", sagte er mit ernster Miene. „Frauen verlieben sich doch automatisch immer in den Stärkeren, oder?"

Er lachte. Und Josi lachte mit.

„Natürlich", antwortete sie genauso ernst. „Wir sind doch völlig willenlos. Hauptsache, ein Typ hat Muskeln und kann zuschlagen."

Mitleidig sah sie auf Luke und Tom, die sich am Boden wälzten. Selbst den Zuschauern wurde es langweilig. Die Menge zerstreute sich langsam.

„Lass uns abhauen", schlug Jakob vor. „Meinst du, Shia LaBeouf bekommt für seine Rolle diesmal den Oscar? So gut wie in *Liebesglück* war er noch nie, fand ich."

Josi schnaufte tief durch. Noch vor wenigen Stunden hatte sie gedacht, sie hätte einen wahnsinnig tollen Freund. Jetzt lag er mit dem anderen Jungen, den sie mal gemocht hatte, im Dreck und prügelte sich. Ihretwegen. Doch schuldig fühlte Josi sich deswegen nicht. Gegen Idiotie war eben kein Kraut gewachsen. Hier nicht und in London wohl auch nicht.

„Ja, gehen wir", sagte sie zu Jakob. „Was aus den beiden

wird, interessiert mich echt nicht mehr. Sollen sie sich doch die Köppe einschlagen."

Ohne sich noch einmal umzudrehen, stiefelte Josi mit Jakob davon. Sie hatte keinen Bock, auch nur noch ein Wort über die Kampfhähne zu verlieren. Zum Glück hatte Jakob den Film auch gesehen – wahrscheinlich weitaus mehr Szenen, als sie …

„Ich fand LaBeouf auch echt gut", gab Josi ihm recht. „Süß wie immer, aber auch saukomisch. So was können nicht viele."

Jakob schüttelte den Kopf. „Richtig. Nur LaBeouf und ich kriegen das hin."

Er zog eine Grimasse, die Josi losprusten ließ. Sie knuffte Jakob mit der Faust in die Seite.

„Ohoho!", schrie Jakob sofort mit tiefer Stimme. „Prügeln sich so die Schnösel in London? Da muss ich dir wohl mal ein bisschen Nachhilfe geben!"

Zärtlich boxte er zurück.

Josi lachte wieder.

„Die haben echt einen Knall", wiederholte sie. „Was für saublöde Sprüche!"

Jakob drehte sich um und hüpfte rückwärts vor Josi her. „Ich hab Lust auf Pizza, du auch?"

Josi nickte. Jetzt erst merkte sie, wie wenig sie heute gegessen hatte. Die Aufregung vor dem Treffen mit Tom hatte ihr einfach den Magen zugeschnürt.

„Unbedingt!"

Jakob verzog das Gesicht. „Es gibt da nur ein Problem", gestand er. „Ich habe keinen Cent mehr in der Tasche. Muss erst ein bisschen was verdienen."

Direkt vor der Pizzeria nahm Jakob seine Basecap ab und warf sie umgedreht auf das Pflaster. Dann begann er zu singen.

„I love you so, my darling!" Dabei verzog er das Gesicht wie ein Opernsänger mit Bauchschmerzen.

Josi pinkelte sich fast ins Kleid vor Lachen.

„Hör auf!", japste sie. „Das ist megapeinlich!"

Doch Jakob hörte nicht auf sie.

In der überfüllten Fußgängerzone gab es für ihn ordentlich Fans. Jetzt fing er auch noch an zu tanzen. Im Gegensatz zu seinem eigenwilligen Gesangsstil war das ziemlich gut. Tatsächlich warf bald ein Passant einen Euro in die Kappe.

„Gracias, senior!", rief Jakob und verbeugte sich. „Nur noch zehn Euro und ihr seid mich los!"

Ein paar Leute lachten. Sie griffen in ihre Taschen und warfen Kleingeld in die Kappe.

„Gracias!", bedankte Jakob sich wieder überschwänglich.
„Und noch ein Tipp für alle anderen: Scheine lassen sich besser werfen, wenn man ein paar Münzen drin einwickelt!"
Wieder Lachen. Wieder Geklimper.
Josi war echt erstaunt. Diese Seite von Jakob kannte sie noch gar nicht. Mit einer Mischung aus Witz und Frechheit gewann er die Leute für sich und sie belohnten seine Show mit Geld.
Nach zehn Minuten warf Josi einen Blick in die Kappe. Ein paar Eurostücke, eine Menge Fünfzig- und Zwanzigcentmünzen waren darin.
„Ich glaube, du kannst aufhören", sagte sie. „Das reicht auch für vier Pizza."
Jakob verbeugte sich vor seinem Publikum. Er schüttete das Geld in seine Hand und setzte sich die Kappe wieder auf. Dann ging er zu einem Blumenkasten, knickte eine Blume ab und überreichte sie Josi.
„Für meinen größten Fan", sagte er lächelnd. Aber dieses Lächeln war ganz anders als das Lachen eben. Dies hier war keine Show mehr. Es war echt.
Josi zögerte eine Sekunde lang, ob sie die Blume annehmen durfte. Eben erst hatte sie mit ihrem Freund Schluss gemacht. Begann hier gerade etwas Neues? Vielleicht!, antwortete sie sich selbst. Oder auch nicht, wer wusste schon, was die Liebesgöttin mit einem vorhatte. Jedenfalls würde es kein Fehler sein, die Blume anzunehmen.

„Danke!", sagte Josi. „Du bist ja echt eine Rampensau."
Jakob wischte sich mit einem Taschentuch den Schweiß von der Stirn. „Ich weiß", antwortete er grinsend. „Von mir kann Shia LaBeouf echt noch was lernen, oder?"
Er hielt Josi die Tür zur Pizzeria auf, dann setzten sie sich an einen Tisch am Fenster.
Gerade als Josi gewählt hatte, ging Luke am Fenster vorbei. Seine Hose hatte am Knie ein Loch. Quer über seine Wange lief eine breite Schramme. Ihre Blicke trafen sich. Zwei Sekunden später stand Luke bei ihnen am Tisch.
„Ich wollte mich entschuldigen", sagte er, ohne Jakob anzusehen. „Gibst du mir noch eine Chance, dir zu zeigen, wie ich wirklich bin?"

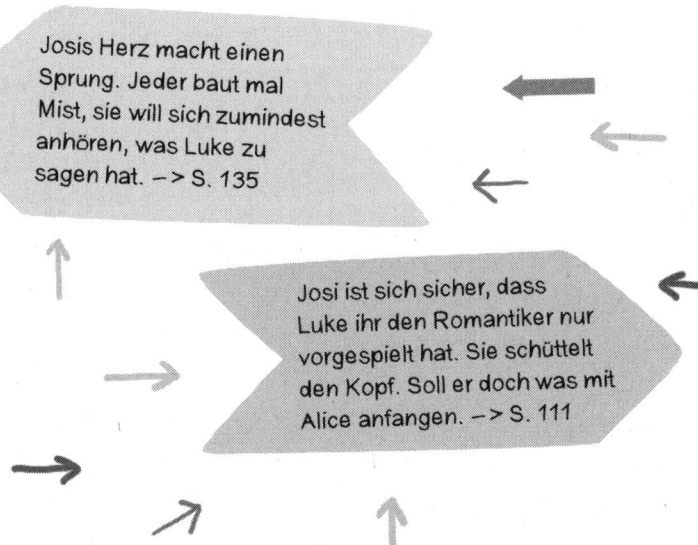

Josis Herz macht einen Sprung. Jeder baut mal Mist, sie will sich zumindest anhören, was Luke zu sagen hat. —> S. 135

Josi ist sich sicher, dass Luke ihr den Romantiker nur vorgespielt hat. Sie schüttelt den Kopf. Soll er doch was mit Alice anfangen. —> S. 111

Pizza mit Aussicht

Josi fiel es schwer, Luke abzuweisen. Noch vor ein paar Tagen hätte sie alles dafür gegeben, mit Luke zusammen zu sein. Eigentlich auch noch heute Morgen. Aber jetzt …

Luke hatte ihr durch die Prügelei mit Tom sein wahres Gesicht gezeigt. Alles andere war nur gespielt gewesen, eine eingeübte Show, um leichtgläubige Mädchen zu beeindrucken. Josi konnte nicht glauben, dass sie beinahe auf seine Masche hereingefallen war.

„Tut mir leid, Luke", sagte sie, ohne von ihrer Serviette aufzusehen. „Aber das mit uns kannst du dir abschminken. Du bist genau wie alle anderen, egal was du mir jetzt sagst. Sich mit Tom zu prügeln war echt megauncool. So was brauche ich nicht."

Nervös fuhr Lukas sich mit den Fingern durch die Haare. Er sah kurz zu Jakob, der betreten schwieg.

„Meinst du, der da ist besser als ich?", sagte er dann aggressiv. „In einer Stadt wie London würde der keine zwei Stunden überleben."

Wenn Josi noch einen Beweis gebraucht hätte, so hatte Luke ihn jetzt geliefert. Er war ein arroganter, eingebildeter, selbstverliebter Gockel. Genau das Gegenteil von dem, was sie suchte. Jedes letzte Gefühl von Sympathie für ihn war aus ihrem Herzen gewichen. Von Liebe ganz zu schweigen.

„Würdest du mich und *den da* jetzt bitte essen lassen", sagte sie schnippisch. „Ich habe Hunger und du verdirbst mir den Appetit."

Luke wollte etwas Gemeines antworten, doch da kam der Kellner mit den Getränken an ihren Tisch. Er musterte Luke kurz.

„Möchten Sie auch essen?", fragte er ruhig. „Sonst muss ich Sie leider bitten, unser Restaurant zu verlassen."

Luke öffnete den Mund und schloss ihn gleich wieder. Wütend trat er an das Tischbein und ging. Der Kellner schüttelte fassungslos den Kopf.

„Leute gibt's …!", murmelte er. „Kennen Sie den Jungen?"

Josi und Jakob sahen sich an.

„Flüchtig", antwortete Josi dann. „Zum Glück nicht näher."

Sie trank einen Schluck. Als Josi jedoch den Blick hob, bemerkte sie, dass Luke nicht nach Hause gegangen war. Er stand gegenüber der Pizzeria unter dem Vordach eines Handyladens und starrte zu ihnen herüber.

Nach circa einer Minute steckte er sich eine Zigarette an.

„Was soll das?", platzte Josi heraus. „Das ist ja ekelhaft!"

Jakob lachte. „Damit will er wohl beweisen, dass er ein echter Kerl ist."

„Hat er auch bitter nötig", ätzte sie. „Der benimmt sich ja wie ein Kleinkind."

BÄHHHH!

Als ihre Pizza kam, aßen sie schweigend, bis Jakob anfing, seine üblichen Witze zu machen. Das heiterte Josi ein wenig auf. Doch immer, wenn sie aus dem Fenster sah, kehrte ihre schlechte Stimmung zurück. Luke machte keine Anstalten zu gehen. Er rauchte eine nach der anderen.

Als ihre Teller leer waren, bestellte Jakob noch zwei Limos. Doch auch als sie die ausgetrunken hatten, war Luke noch nicht verschwunden. Josi würde wohl noch deutlicher werden müssen.

„Was soll das?", fauchte sie Luke an, als sie die Pizzeria verließen. „Du hast mir das ganze Essen verdorben!"

Luke grinste. „Dann ist mein Plan ja aufgegangen", feixte er. „Ich werde dich keine Minute mehr in Ruhe lassen, bis du mit mir ausgehst wie mit dem da."

Mit dem Kinn machte er eine abfällige Bewegung zu Jakob hin. Der blieb ruhig, wofür ihm Josi sehr dankbar war.

„Das werden wir ja sehen", gab sie zurück. „Ich habe nämlich einen eigenen Willen. Und außerdem einen Zeugen, falls du mich wirklich stalken solltest. Ich sage es hiermit noch einmal: Lass mich in Ruhe, sonst rufe ich deine Eltern an. Sollte das nichts nützen, melde ich alles der Schule und dann der Polizei. Ich weiß nicht, wie so was in London gehandhabt wird, hier bei uns ist es auf jeden Fall verboten, Mitschülerinnen zu bedrohen."

Sie wollte weitergehen, doch Luke trat einen Schritt vor und fasste Josi an die Schulter.

„Finger weg!", mischte Jakob sich nun ein. Grob schubste er Luke weg. Josis Herz schlug schnell und hart. Sie war so froh, Jakob bei sich zu haben. Das hier war etwas ganz anderes als die sinnlose Prügelei zwischen Tom und Luke vorhin beim Kino. Jakob beschützte sie wie ein Ritter sein Burgfräulein. Und er schlug nicht zu. Sein Gesicht aber zeigte, dass er das gleich tun würde, falls Luke seine Hand nicht zurückzog.

„Ich mache seit vier Jahren Karate", log Jakob. „Wenn du auch nur mit der Wimper zuckst, wirst du das bitter bereuen."

Luke zögerte. Dann hob er abwehrend die Hände. Er war auf den Schwindel hereingefallen.

„Hey, nichts passiert, okay?", versuchte er zu beschwichtigen. „Wir haben uns nur unterhalten!"

Josi stieß geräuschvoll die Luft aus. „Tsss! Komische Art, sich zu unterhalten! Das Gespräch war ein bisschen einseitig."

Lukas fingerte eine weitere Zigarette aus der Schachtel, zerknickte sie aber zwischen seinen zittrigen Fingern.

„Ein kleines Mädchen und ein kleiner Junge, ihr passt zusammen", höhnte er. „Ich wünsche euch viel Glück."

Damit drehte er sich um und schlenderte seelenruhig davon. Wie es wirklich in ihm aussah, verriet er aber, als er gegen einen Kinderwagen stolperte.

„Können Sie nicht aufpassen!", blaffte er die verdutzte Mutter an.

„O Mann!", stöhnte Josi. „Was für ein Blödmann. Und ich wäre beinahe auf ihn reingefallen!"

Jakob lachte. „Wärst du nicht", gab er zurück. „Dafür bist du viel zu klug. Darf ich dich nach Hause bringen? Nur für den Fall, dass Luke es sich anders überlegt und zurückkommt?"

Josi musste wieder lächeln. „Sehr selbstlos von dir, mein Bodyguard", sagte sie mit weicher Stimme. „Oder erwartest du eine Belohnung?"

Jakob zuckte mit den Schultern. „Na ja, die Karate-Kurse waren teuer. Eine kleine Bezahlung wäre schon angebracht."

Sofort war Josis gute Laune wieder da. Jakob hatte es wieder einmal geschafft!

„Und an was hattest du da gedacht?", flirtete sie zurück. „Geld habe ich nämlich keins mehr. Alles in London ausgegeben."

Jakob legte den Arm um Josi. Das fühlte sich sehr gut an. Vertraut und doch ganz neu.

„Du kannst auch in Naturalien zahlen", antwortete Jakob frech. „Mit einem Kuss zum Beispiel!?"
Josi fasste ihn um die Taille. „Ich glaube, für heute habe ich genug Herzen gebrochen", fand sie. „Aber wenn ich nicht direkt heute zahlen muss, vielleicht …"

In den folgenden Wochen gab Luke sich zunächst freundlich gegenüber Josi. Als sie nicht darauf einstieg, wurde er immer fieser und begann hinter ihrem Rücken über Josi zu lästern. Er freundete sich mit Alice an, die eine Meisterin darin war, Intrigen zu spinnen und Unwahrheiten in die Welt zu setzen. Zum Glück durchschaute der Rest der Klasse schnell, was Luke in Wahrheit für ein Mensch war. Bald mieden ihn alle. Ein halbes Jahr später wechselte er die Schule. Heute begegnen sich Josi und er ab und zu auf Partys. Luke hat seit Kurzem eine Freundin und nickt Josi dann meistens freundlich zu.
Tom ignorierte Josi zwei ganze Jahre lang. Er hatte was mit verschiedenen Mädchen, die Josi alle nicht das Wasser reichen konnten, wie er Jan erzählte. Noch heute sieht er Josi so an, als wäre sie ein Filmstar und überraschend an der Schule aufgetaucht. Josi fragt sich noch immer, wie sie jemals mit ihm zusammen sein konnte.
Jakob musste lange auf seinen Kuss warten. Auf einer Party ein halbes Jahr später war es dann aber doch so weit. Am folgenden Morgen jedoch war Josi klar, was sie für Jakob

empfand: Freundschaft, mehr nicht. Die drei Jungs, die alle auf einmal etwas von ihr wollten, hatten ihr Herz für lange Zeit irgendwie vereist. Dann tauchte Caleb auf, der Typ aus ihrem Fitnessstudio, der – wie er verriet – schon lange ein Auge auf sie geworfen hatte. Er ist genau vierzehn Monate älter als Josefine und ihr absoluter Traumtyp. Gut aussehend, mit perfektem Benehmen, charmant. Auch ihre Eltern mochten Caleb sofort. Näher kennengelernt hat Josi ihn im Supermarkt, als sie sich nicht für eine Chipssorte entscheiden konnte. Caleb empfahl ihr seine Lieblingsmarke – die seitdem auch Josis Favorit ist. Genau wie Caleb. Wenn drei zur Auswahl stehen, ist es manchmal eben gar keiner – das gilt nicht nur für Chips, sondern auch für Jungen.

Ende

Liebesglück im Kino

Den Anblick von Luke und Alice konnte Josi kaum ertragen. Täuschte sie sich oder flirtete er gerade heftig mit der Klassenschönen? So oder so, Josefine musste eingreifen. Doch dafür musste sie sich erst einmal selbst frei machen.

„Tom", hörte sie sich sagen, „ich werde nicht mit dir in den bekloppten Ballerfilm gehen, okay?"

Tom sah sie an wie ein grünes Marsmännchen mit rosa Sternchen. „Aber ..."

Josi schnitt ihm das Wort ab. „Ich werde in überhaupt keinen Film mehr mit dir gehen. Und *gehen* werde ich auch nicht mehr mit dir."

Mühsam fummelte sie sich den Freundschaftsring vom Finger, den sie erst vor ein paar Wochen zusammen mit Tom gekauft hatte. Das war ihre Idee gewesen, Tom kam nie auf so romantische Sachen. Sie passten einfach nicht zueinander, das spürte sie gerade ganz deutlich. Eigentlich fragte Josi sich in diesem Moment, wie sie jemals gedacht haben konnte, das Ding mit Tom sei Liebe.

„Josi!", bettelte Tom und sah dabei aus wie ein triefäugiger Pudel. Fehlte nur noch, dass er zu bellen anfing.

„Ich war in dich verliebt", gab Josi zu. „Sehr heftig sogar, aber das Gefühl ist in den letzten Wochen verflogen. Jetzt ist da nichts mehr und es wird auch nicht wiederkommen. Tut mir leid, aber so ist es nun mal."

Josi war kurz davor, den Ring in den Papierkorb vor dem Kino zu werfen. Doch dann kam ihr diese Geste zu gemein vor. Also steckte sie ihn einfach in ihre Handtasche.

„Mach's gut", sagte sie kühl. „Wir passen nicht zusammen, das wirst du auch noch begreifen."

Mit diesen Worten ließ sie Tom stehen. Der schnappte nach Luft, dann trat er gegen den Papierkorb und rannte davon.

„Was war das denn?", hörte Josi eine Stimme hinter sich. Es war Lukas, eindeutig. Josi holte tief Luft, zauberte ein Lächeln auf ihr Gesicht und drehte sich um. Luke strahlte. Warum nur sah dieser Typ zu jeder Tages- und Nachtzeit so unverschämt gut aus?

„Hi!", antwortete Josefine wenig einfallsreich. „Ach, das? Das war Tom. Der ist schon lange hinter mir her." Dass sie ein paar Monate zusammen gewesen waren, verschwieg sie. „Ich habe ihm gerade gesagt, dass er sich keine Hoffnungen machen muss."

Luke zwinkerte ihr zu. „Das hat doch wohl nichts mit mir zu tun?"

Josi spürte, wie ihre Knie weich wurden. Luke war so unglaublich selbstbewusst. Er benahm sich nicht wie ein Schuljunge, sondern beinahe schon wie ein richtiger Mann.

„Vielleicht doch", flirtete sie zurück. „Und du? Läuft da was mit Alice?"

Luke schüttelte den Kopf und lachte.

„Alice sieht toll aus, aber wenn sie den Mund aufmacht, ist aller Zauber weg. Eben haben wir uns wegen einer Winzigkeit gestritten. Und jetzt ist sie weg."

Luke sah zu Boden. „'tschuldigung", murmelte er. „Normalerweise rede ich nicht schlecht über Mädchen, das ist mir nur so rausgerutscht."

„Wolltet ihr nicht in *Liebesglück unter Palmen*?", änderte Josi schnell das Thema.

Luke lehnte sich lässig an einen Pfeiler. „Du hast uns also belauscht?", fragte er.

Josi wurde rot. „Ich?", stammelte sie. „Ich, also, nein, Quatsch. Aber ihr habt so laut gesprochen, das konnte ich nicht überhören."

Luke sah ihr fest in die Augen. Josis Knie wurden noch weicher.

„Ich würd' den schon gerne sehen", sagte er. „Aber nicht allein. Da muss man mit einer tollen Frau rein. Hast du Zeit?"

Jetzt musste Josi lachen.

„Mann, du hast wohl gar keine Hemmungen, was?", erwiderte sie.

Lukas zuckte mit den Schultern. „Hemmungen? Nein, wofür sollten die gut sein? Wenn ich etwas dringend will, tue ich alles dafür, es zu kriegen."

„Und wenn das Etwas Nein sagt?", antwortete Josi.

„Dann bohre ich weiter", gab Luke zu. „Ein Nein ist für mich nur das Zeichen, dass ich mich nicht genügend angestrengt habe. So was spornt mich an."

Josi musste das einen Moment sacken lassen. Ein willenloses Ding wollte sie nicht sein. Aber Luke laufen lassen wollte sie auch nicht. Endlich fielen ihr die richtigen Worte ein.

„Bei mir ist es genauso", schwindelte sie. „Ich wollte den ganzen Tag schon mit dir ins Kino. Und jetzt habe ich dich so weit gebracht, mich zu fragen. Du hast gar nichts dafür getan."

Sie lächelte. „Also, gilt die Einladung noch?"

Luke war tatsächlich sprachlos. So sprachlos, dass er eine ganze Weile zu nicken vergaß.

„Äh, ja, natürlich", sagte er nach endlosen Sekunden. „*Liebesglück*, oder?"

Josi lächelte geheimnisvoll. „Ja, unbedingt *Liebesglück*", antwortete sie dann zweideutig, hakte sich bei Lukas unter und zog ihn in die Eingangshalle.

Vor den Kassen standen endlose Schlagen. Einige der Jugendlichen kannte Josi vom Sehen. Zwei Jungs aus der Achten steckten die Köpfe zusammen. Immer wieder drehten sich die beiden zu Josi und Luke um.

„Wir werden beobachtet", stellte Luke fest. „Auf dich scheinen es ja echt viele abgesehen zu haben."

Josi fühlte sich gut. Sollten doch ruhig alle sehen, dass sich in ihrem Liebesleben etwas Grundlegendes geändert hatte.

„Klar", sagte sie dann. „Hast du dafür etwa Beweise gebraucht?"

Luke sparte sich die Antwort. Offenbar war er von Josis gespielter Selbstsicherheit geplättet.

Als sie endlich an die Kasse kamen, waren nur noch wenige Plätze frei.

„Zwei in der Mitte, drei rechts – oder erste Reihe", nuschelte die Kassiererin gelangweilt. „Die habt ihr dann allerdings für euch alleine."

Luke drückte Josis Hand. Josi drückte zurück. Mit Luke ganz alleine – also unbeobachtet – in der ersten Reihe sitzen, das klang aufregend wie eine Fotosafari durch den Dschungel.

Luke bezahlte und sie schlenderten in Saal 1, den größten des Kinos. Tatsächlich waren fast alle Plätze besetzt.

„Josi!", hallte es plötzlich durch die Gänge. Josi fuhr herum. Jakob, ihr bester Freund, winkte ihr zu. Als er registrierte, dass sie nicht mit Tom da war, sondern mit dem Neuen aus ihrer Klasse, hielt er mitten in der Bewegung inne und senkte den Arm.

„Hi, Jakob", rief Luke. Scheinbar hatte er sofort die Namen aller Klassenkameraden auswendig gelernt. Und

Scheu kannte er nicht. Josi war wieder einmal erstaunt über ihren neuen Schwarm.

Luke führte sie geradewegs zu den Plätzen ganz vorn.

„Hier werden wir uns ganz schön die Köpfe verrenken", vermutete Josi. Die Leinwand war direkt vor ihnen.

Luke lächelte mysteriös. „Mal sehen, ob uns der Film überhaupt interessiert ..."

Josi wurde rot. Zum Glück wurde in diesem Moment das Licht heruntergedimmt. Die Werbung und die Trailer für die neuesten Filme starteten.

Josi versuchte sich auf das, was sie auf der Leinwand sah, zu konzentrieren. Doch eigentlich wartete sie nur darauf, was Luke tun würde.

Es dauerte nicht lange, da legte er seinen Arm um sie. So wie vor zwei Wochen im London Eye. Josi lief ein Schauer den Rücken hinunter. Es fühlte sich gut an und verdammt richtig, hier so mit Luke zu sitzen. An Tom dachte sie nicht mehr. So als hätte es die Monate mit ihm gar nicht gegeben.

Als *Liebesglück* begann, bettete Josi ihren Kopf auf Lukes Schulter. Als wären sie schon ewig zusammen.

„Du hast mich ganz schön umgehauen, Josi", flüsterte Lukas ihr ins Ohr. „Und mit jeder Sekunde, die ich dich besser kennenlerne, wird dieses Gefühl stärker."

Josi war platt. Tom hatte nie über seine Gefühle mit ihr gesprochen. Sie waren eben zusammen, und fertig. Luke aber war genau so, wie Josi sich das immer von ihrem Freund gewünscht hatte. Offen, ehrlich, charmant und ein bisschen provokant. Einfach der Wahnsinn!

„Wusstest du eigentlich schon, dass du an unsere Schule kommen würdest, als wir uns in London getroffen haben?", hauchte sie zurück.

Luke nickte. „Meine Eltern haben es mir gesagt", gab er zu. „Sonst wäre ich alleine nach Deutschland gezogen. Ich hätte es nicht ausgehalten, so viele Kilometer von dir getrennt zu sein."

Er beugte sich vor und küsste sie auf den Mund. In Josis Bauch begann es zu kribbeln. Tausend heiße Strahlen breiteten sich in ihrem Körper aus. Beinahe hatte sie Angst, Luke würde zurückzucken, weil er sich an ihr die Lippen verbrannte. Tat er aber zum Glück nicht. Stattdessen küsste er Josi ein zweites Mal. Diesmal noch länger und inniger. Josi fühlte sich wie im Paradies. Liebesglück im Kino? O ja!

Vom Film bekam Josi nicht viel mit. Sie knutschte mit Luke, als hätte ihr Mund seit Jahrtausenden auf diese zwei Stunden gewartet. Als die Musik des Abspanns laut wurde, kam es ihr vor, als wären gerade mal zwei Sekunden vergangen.

Luke löste sich von ihr und strahlte Josi an. Sein Gesicht war gerötet wie bei einem Sonnenbrand.

„Das war der beste Film, den ich niemals gesehen habe", sagte er lachend.

Josi senkte den Blick.

„Für mich auch", gab sie offen zu. „Hoffentlich gibt's bald 'ne Fortsetzung."

Luke stand auf. „Auf jeden Fall", antwortete er. „Muss ja nicht im Kino sein. Gehen wir noch was trinken?"

Josi nickte. Beim Rausgehen schrieb sie schnell eine Nachricht, dass es später werden würde. Die Woche in London hatte ihre Eltern noch lockerer gemacht, deshalb hatte Josi keine Bedenken, dass sie ihr das nicht erlauben könnten.

Als sie aus dem Kino traten, stand Tom dort. Er hatte die Arme vor der Brust gekreuzt und sah angriffslustig wie ein gereizter Tiger aus. Was nun?

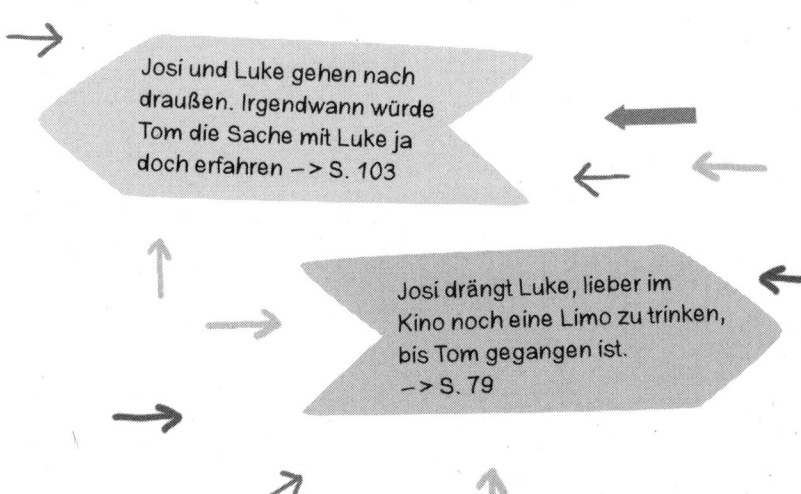

Josi und Luke gehen nach draußen. Irgendwann würde Tom die Sache mit Luke ja doch erfahren –> S. 103

Josi drängt Luke, lieber im Kino noch eine Limo zu trinken, bis Tom gegangen ist.
–> S. 79

Begegnung mit einer Spinne

„Ich würde echt gerne hierbleiben", entschied Josi und zerrte Tom fast hinter sich her in Richtung Café. Tom sträubte sich wie ein eigenwilliger Köter, der die Fährte eines Hasens aufgenommen hatte. In der Mitte der Eingangshalle ging es nicht mehr weiter.

„Aber im Venezia gibt's doch auch Eistee", nörgelte Tom. „Der schmeckt dreimal so gut." Er wand seine Finger aus Josis Hand. „Ich geh da auf jeden Fall hin. Du kannst ja gerne hierbleiben."

Josi drehte sich zu ihm um und rempelte die beiden Jungs aus der Achten an. Waren das Stalker oder so was?

„Ehekrach?", spottete der eine.

„Vorsicht, die Braut haut", der andere. Dann waren die beiden auch schon weg.

„Was ist denn auf einmal los mit dir?", wollte Josi von Tom

wissen. „Gerade noch war es dir völlig egal, wo wir hingehen, Hauptsache, ich war bei dir."

Tom vergrub seine Hände in den Taschen. „Jetzt ist es eben anders", maulte er wie ein kleines Kind an der Supermarktkasse. „Herumschubsen lasse ich mich von dir nicht. Und schrei bitte nicht so. Die Leute gucken ja schon."

Josi atmete tief ein.

„Hey, lass uns doch nicht über so einen Mist streiten", versuchte sie die Wogen zu glätten. Sie lächelte Tom an. Der runzelte die Stirn, lächelte dann aber doch zurück.

„Okay, wir streiten nicht", erwiderte er. „Wir gehen einfach ins Venezia."

Josi lachte. „Gut, wenn es dir sooo wichtig ist …"

Sie griff nach seiner Hand. Mit Tom an ihrer Seite konnte sie alles schaffen. Auch an Luke vorbeigehen, in den sie bis 14 Uhr 45 noch verliebt gewesen war. Er war hier irgendwo ganz in der Nähe, das roch Josi einfach. Aber nach allem, was sich im Palast-Kino zwischen ihr und Tom verändert hatte, sah die Sache wieder völlig anders aus. Josi wusste, was sie an Tom hatte, und sie liebte ihn mehr als je zuvor. Ihre kurzzeitige Begeisterung für Luke schob sie auf den Zauber ihres letzten Abends in London.

„Also gut", gab Josi nach. „Gehen wir ins Eiscafé."

Tom nahm ihre Hand und wollte das Kino verlassen. Doch da hallte eine hohe, schrille Stimme durch die Eingangshalle. Eine Stimme, die Josi nur zu gut kannte: die von Alice.

„Toooohooom!", flötete Alice und winkte ihnen.

Tom wurde augenblicklich knallrot. Er hob kurz die Hand und nuschelte: „Hi!"

Noch leiser murmelte er: „Shit!"

Josi blickte zwischen Tom und Alice hin und her. Die Alarmglocken in ihrem Kopf läuteten wie in einem Kirchturm an Weihnachten. Irgendetwas war hier verdammt schräg!

„Tom?", sagte sie fragend.

Tom reagierte leider nicht so, wie Josi es erhoffte. Er wurde noch röter.

„Was denn ...!", sagte er aufgebracht. „Ich kann doch nichts dafür, wenn die Tussi mich grüßt."

„Komm doch mal her!", rief Alice.

Tom sah zu Josi, dann schlenderte er in winzigen Schritten auf Alice zu. Josi glaubte nicht, was sie dann sah.

Alice schlang ihre Arme um Toms Hals und küsste ihn.

Josi schüttelte den Kopf. Das konnte doch nur ein Albtraum sein, oder? War das wirklich ihr Tom?

Josi hatte Alice noch nie ausstehen können. Sie war schon in der Grundschule der Schwarm aller Jungen gewesen, und das wusste sie auszunutzen. Ab der fünften Klasse dann tat Alice alles, um den Jungs zu gefallen. Sie zog immer nur enge Kleidung an, lachte bei schlappen Witzen mit schriller Stimme und strich den Jungen bei jeder Gelegenheit durchs Haar. Alice hatte noch nie einen festen Freund gehabt, dazu spielte sie zu gerne mit allen ein bisschen. Wie eine Spinne im Netz umgarnte sie die Jungen, bis sie sie ganz und gar eingewickelt hatte, und servierte sie dann ab. Mehr als einmal waren Jungen so verzweifelt in Alice verliebt gewesen, dass sie die Schule hatten wechseln müssen. Eine fiese Person, doch leider wirklich hübsch.

Gerade jetzt flüsterte Alice Tom etwas ins Ohr und versuchte dann, ihm ins Ohrläppchen zu beißen. Tom zuckte zurück und redete auf Alice ein. Leider so leise, dass Josi nichts verstand.

Josi hatte den Impuls zu fliehen. Möglichst weit weg. Vielleicht wurden am Nordpol noch Eisbärenpflegerinnen gesucht?

Dann entschied Josefine sich doch anders. Besser eine schmerzhafte Wahrheit als schmerzhafte Lügen, dachte sie und trat auf die beiden zu.

„Hallo Alice", grüßte sie so frostig, dass augenblicklich Eiszapfen von der Decke wuchsen.
„Kannst du bitte noch mal wiederholen, was du meinem Freund gerade gesagt hast?"

Alice tat zunächst so, als würde sie durch Josi hindurchsehen. Oder besser so, als hätte sie Josi vorher gar nicht bemerkt.

„Josi!", zwitscherte sie aufgedreht. „Du bist ja auch hier!"

Josi ging nicht auf das Spielchen ein.

„Lass die dummen Sprüche", fauchte sie. „Was läuft da zwischen dir und meinem Freund?"

„Dein Freund?" Alice lachte albern. „Ich wusste nicht, dass Tom vergeben ist. In den Ferien hatte ich nicht den Eindruck."

Josi hasste Gewalt. Doch in diesem Moment hätte sie Alice am liebsten eine geklatscht.

„Hör nicht auf sie", unterbrach Tom Josis Gedanken. „Das ist doch bloß blödes Geschwätz …"

Alice stemmte ihre Hände in die Hüften. „Geschwätz? Hast du das gerade wirklich gesagt?", empörte sie sich.

Tom presste die Lippen aufeinander. Er hatte sich mit Alice angelegt, etwas, das man nicht tun sollte, wenn man Geheimnisse hatte.

Alice sah ihn überlegen an. „Vor zwei Wochen hast du mich noch ganz anders genannt." Sie blickte zur Decke und tat, als müsste sie überlegen. „Hm, wie war das noch: mein Kätzchen, meine Süße, mein Häschen – habe ich was vergessen?"

Sie blinzelte kokett. „Ach ja: Ich liebe dich ..."
Josi wurde kotzübel. Ein Teil in ihr weigerte sich, Alice zu glauben. Ein anderer hingegen konnte Toms Reaktion genau deuten. Er hatte ihre Abwesenheit in London dazu genutzt, sich die Zeit mit einer anderen zu vertreiben.
„Bitte, Josi, das stimmt nicht", stammelte Tom hilflos. „Du musst mir glauben, nicht ihr."
Jetzt wurde Josi richtig wütend. „Was soll ich dir denn glauben, Tom?", rief sie viel zu laut. „Du hast ja noch gar nichts gesagt."
Tom trat nervös von einem Fuß auf den anderen. „Also, das mit dem Kätzchen und so, das stimmt alles nicht."
Alice lachte.
„Ich kann es sogar beweisen", sagte sie zuckersüß. Dann ahmte sie Toms Stimme nach: „Josi ist in London und meldet sich nicht bei mir. Mit ihr ist es definitiv aus. Die hat nur noch ihre Jill im Kopf – und wer weiß wen noch!"
Josi schauderte. Bis hierher hätte sie wirklich glauben können, dass Alice nur gemein sein wollte und ihr Lügen auftischte, um ihre Freundschaft mit Tom zu zerstören. Aber

woher sollte die dumme Kuh den Namen Jill kennen, wenn nicht von Tom? Mit niemand anderem hatte Josi darüber gesprochen, wie die Tochter von Dolores hieß.

Merkwürdigerweise wurde Josi in diesem Augenblick nicht aufgeregter, sondern ruhiger.

„Tut mir leid für dich, Tom, dass du auf so eine blöde Tussi stehst", sagte sie ohne Zittern in der Stimme. „Ich hätte dir einen besseren Geschmack zugetraut. Und weißt du was? Zum Abschied bekommst du von mir noch einen Tipp fürs Leben umsonst: Wenn du das nächste Mal deine Freundin betrügst, dann nimm dafür jemanden mit Stil, nicht so eine billige, aufgetakelte Tante wie Alice."

Sie wartete nicht ab, wie Tom oder Alice reagierten. Sie drehte sich auf dem Absatz um und stolzierte wie eine Königin aus dem Kino. Zwei junge Frauen applaudierten. Josi nahm es als Kompliment.

Ohne nach links und rechts zu sehen, ging sie auf den Ausgang zu. Sie fühlte sich, als hätte sie eben den größten Fehler ihres Lebens noch gerade verhindern können – nämlich mit einem Jungen zusammen zu sein, der jedem anderen Rock hinterherpfiff, während sie mit ihm Händchen hielt.

Als Josi aus dem Kino trat, saugte sie die frische Luft ein, als wäre es Parfüm. Gerade als sie ihr Fahrrad aufschließen wollte, stand Tom neben ihr.

„Josi!", bettelte er. „Es stimmt nicht alles, was Alice gesagt hat. Lass es mich bitte erklären!"

In diesem Moment bemerkte Josi, dass auch Luke auf sie gewartet hatte. Er stand ganz in der Nähe und beobachtete genau, was sich abspielte.

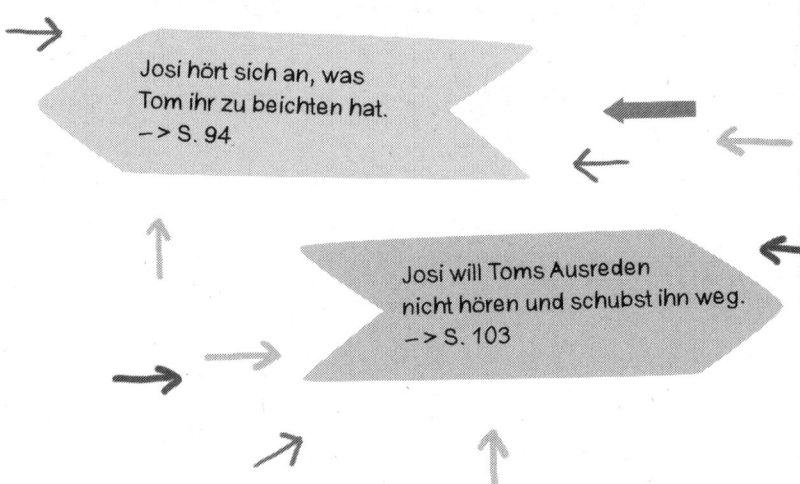

Josi hört sich an, was Tom ihr zu beichten hat.
-> S. 94

Josi will Toms Ausreden nicht hören und schubst ihn weg.
-> S. 103

Wenn zwei sich streiten

Josi konnte es nicht fassen. Eigentlich hatte sie Jakob in aller Ruhe von der „kleinen Auseinandersetzung" zwischen Luke und Tom erzählen und dabei ihren Kummer mit einer hervorragenden Pizza ersticken wollten. Nun waren sie noch keine fünf Minuten in dem Restaurant und schon war es mit der Ruhe vorbei.

Wie ein begossener Pudel stand Luke vor ihrem Tisch. Die Sache tat ihm wirklich leid, das konnte selbst ein Blinder mit Krückstock sehen. Josis Herz schrie: Gib ihm eine Chance!

Beinahe hätte Josi auf ihr Herz gehört. Doch manchmal war es auch gut, den Verstand einzuschalten. Luke hatte ihr heute zwei Gesichter gezeigt. Woher sollte sie wissen, welches sein echtes war? Da kam ihr ein Geistesblitz.

„Warte einen Moment", bat sie Luke. „Ich bin gleich wieder da." Josefine schnappte sich ihr Handy und verschwand in

Richtung Toilette. Was sie vorhatte, dauerte genau drei Minuten 44 Sekunden. So zeigte ihr Smartphone es an, als sie auflegte.

Obwohl die duftende Pizza gerade an Josis Platz gestellt wurde, nickte sie Luke zu.

„Okay, lass uns das draußen besprechen", sagte sie knapp und zwängte sich an Jakob vorbei.

Jakob sah sie traurig an, sagte aber nichts.

Luke schwieg ebenfalls, bis sie in der Fußgängerzone standen. Passenderweise fing es in diesem Moment zu regnen an. Unter normalen Umständen hätte Josi jetzt in ihrem neuen roten Kleid gefroren. Doch was war seit ihrer Rückkehr aus London schon normal?

„Also?", fragte sie barsch.

„Also ...", begann Luke kleinlaut. Für solche Situationen hatte er offensichtlich keine Liste an Sprüchen auf Lager. Hinter seiner Stirn arbeitete es, das konnte Josi deutlich sehen.

„Ich wollte mich entschuldigen", druckste Luke herum.

Josi verschränkte die Arme vor der Brust.

„Das hast du schon gesagt. Kann ich jetzt meine Pizza essen gehen?"

Josi war auf hundertachtzig. Luke hatte sich benommen wie ein Kleinkind. Oder besser noch wie ein ganz normaler dreizehnjähriger Junge. Davon gab es in Josis Klasse genug, sie hatte sich eigentlich viel, viel mehr von ihm versprochen.

Diese Enttäuschung war noch schlimmer, als dieses primitive Ich-hab-mehr-drauf-als-du-Digger unter Jungs.

„Ich weiß auch nicht, was los war", fuhr Luke fort. „Irgendwie sind mir die Sicherungen durchgebrannt, als ich Tom gesehen habe. Dass du einen Freund hast, kann ich nicht aushalten."

Josi atmete tief durch. „Du warst nahe dran, Lukas", sagte sie. „Ich hab mich auf den ersten Blick in dich verknallt. In London auf dem Riesenrad. Gestern noch dachte ich, du wärst der Traum meiner schlaflosen Nächte. Leider hast du nicht gehalten, was du versprochen hast, und ich habe mich genauso schnell wieder entknallt."

Luke lächelte. Doch es wirkte nicht mehr halb so sexy wie noch heute Morgen, als er in die Klasse gekommen war.

„Du bist so süß, wenn du dich aufregst", versuchte er zu flirten. „Und so süße Mädchen können nach meiner Erfahrung eine einmalige Entgleisung verzeihen…"

Josi schüttelte den Kopf.

„Gib dir keine Mühe", sagte sie. „Auf deine coolen Sprüche bin ich oft genug reingefallen."

Luke nahm ihre Hand. „Das sind keine Sprüche, ich sage das zum ersten Mal zu einem Mädchen."

Josefine konnte nicht anders. Sie lachte laut. Einige Fußgänger drehten sich um.

„Weißt du, was ich eben gemacht habe?", fragte sie triumphierend. „Ich habe mir nicht auf dem Klo die Nase gepudert, damit du mich auch ganz bestimmt willst." Josi zog ihr Handy aus der Handtasche und tippte so lange herum, bis die Nummer erschien, die sie in der Pizzeria gewählt hatte. Dann hielt sie Luke das Smartphone unter die Nase.

„Kommt dir die Nummer bekannt vor?", fragte sie.
Luke wurde rot. Er machte den Versuch, unwissend zu tun, knickte dann aber doch ein.

„Das ist Jills Nummer in London", sagte er leise. „Was hat sie …"

„Was sie gesagt hat?" Josi schrie beinahe. „Sie hat mir all deine Sprüche aufgezählt. So als hätte sie mich heimlich mit einem Peilsender ausgestattet und mitgehört. Hat sie aber nicht. Jill kennt deine Masche aus einem anderen Grund: Du hast genau das gleiche romantische Gelaber auch schon bei ihr abgezogen. Deshalb war sie so sauer, dass du dich an dem Abend in London an mich rangemacht hast. Du hast ihr Herz gebrochen. Und das wird mir mit dir nicht passieren."

Luke schnappte nach Luft. „Baby, ich …"

Josi winkte ab, als würde sie lästige Mücken verscheuchen. „Nix Baby!" Sie war nun richtig wütend. „Für dich sind Mädchen nur da, um dir deine Großartigkeit zu beweisen. Wenn sie halb ohnmächtig sind von deinen Sprüchen, dann fühlst du dich blendend. So lange, bis du genug von ihnen hast. Dann brauchst du neue Bewunderer. In diesem Fall mich. Und nächste Woche dann vielleicht Alice. Und dann Maja. Und dann …"

Luke kickte ein Steinchen durch die Fußgängerzone. „So war es bisher", sagte er bittend. „Aber mit dir ist es anders, ich schwöre es! Du bist die Erste, dich mich richtig interessiert!"
Josi schlang die Arme um ihren Oberkörper, sie fror. Der Regen wurde immer stärker.
„Pass auf, Luke", erklärte sie. „Kann sein, dass du die Wahrheit sagst. Aber ich werde es nie erfahren. Solche Typen, die jede anmachen und dann fallen lassen, sobald eine Bessere kommt, finde ich zum Kotzen. Liebe ist für mich etwas anderes. Vertrauen, gegenseitige Achtung, Respekt – darum geht es. In allen drei Punkten hast du heute versagt. Mach's gut."
Josefine drehte sich um, hob die Hand und winkte nach hinten. Ohne Luke noch mal anzusehen.
Selten in ihrem Leben hatte sich eine Entscheidung so richtig angefühlt. Jill hatte es ihr am Handy noch vor ein paar Minuten bestätigt: Finger weg von dem Typen!
„Da bist du ja wieder!", sagte Jakob freudig, als hätten sie sich dreißig Jahre nicht mehr gesehen. „Ich habe deine Pizza warm stellen lassen. Dachte mir schon, dass es länger dauern wird."
Josi setzte sich. Sofort brachte ihr der aufmerksame Kellner den Teller zum zweiten Mal.
„Woher wusstest du denn, dass ich zurückkomme", fragte Josi und schob sich das erste Stück Pizza in den Mund.
Jakob wurde ernst. „Du hast ein wunderschönes Gesicht und eine Spitzenfigur", antwortete er, ohne rot zu werden. „Aber

am allermeisten liebe ich dich, weil du was im Kopf hast. Du bist klug, witzig und unglaublich spannend. Da war doch klar, dass du auf so einen windigen Typen nicht reinfällst."

Überrascht legte Josi die Gabel aus der Hand.

„War ... war das jetzt eine Liebeserklärung oder gleich ein Heiratsantrag?", stammelte sie.

Jakob lachte. „Ich glaube, mit dreizehn Jahren dürfen wir in Deutschland noch nicht heiraten. Aber dann warte ich eben noch ein bisschen. Das fällt mir gar nicht schwer, wenn du bei mir bist."

Josi schüttelte ungläubig den Kopf. Was war das nur für ein Tag? Tom, Luke und jetzt Jakob hatten ihr ihre Liebe gestanden. Jakob hatte es eindeutig am besten gemacht, selbstbewusst wie Luke, aber nicht so eingebildet. Am liebsten hätte Josi ihn zum Dank geküsst. Doch das war ihr ein bisschen zu früh.

„Ich war auch mal in dich verliebt", gestand sie. „Aber ich hab's mir verboten, weil ich dachte, ich mache damit unsere Freundschaft kaputt. Und du hast nie was gesagt ..."

Jakob grinste. „Bis über beide Ohren, Mensch! Und mir ging es auch so. Lieber habe ich mit dir als Freund meine Zeit verbracht, als dich durch meine Gefühle zu erschrecken und gar nicht mehr zu sehen."

Josi legte Messer und Gabel auf die Serviette und nahm Jakobs Hände. „Warum haben wir bloß geschwiegen?", fragte sie mehr sich selbst als ihn. „Mir wäre viel erspart geblieben."

Josis Vorsatz, es diesmal mit der Liebe nicht zu überstürzen, hielt nicht lange an. Schon am folgenden Wochenende ging sie mit Jakob zu einer Party, und die beiden tanzten, bis der DJ keine neuen Lieder mehr hatte. Anschließend setzten sie sich aufs Sofa in eine dunkle Ecke. Etwa zwölf Komma drei zwei Sekunden später küssten sie sich. Josi vergaß völlig die Zeit, so schön war es mit Jakob. Als plötzlich ihr Handy vibrierte, fiel sie aus allen Wolken. Es war schon fast Mitternacht und ihr Vater hatte bereits viermal angerufen. Nun stand er vor dem Haus und hoffte, dass seine Tochter sich nicht totgetanzt hatte.

Josi und Jakob waren fast zwei Jahre zusammen. Dann kreuzte mit Lilly eine neue Schülerin in der Parallelklasse auf und Jakob verliebte sich in sie. Fair, wie er war, gestand er Josi die Sache sofort – bevor auch nur irgendwas passiert war. Für Josi brach damals eine Welt zusammen. In manchen Momenten hatte sie wirklich geglaubt, Jakob irgendwann zu heiraten. Nach langen Diskussionen und mehreren Wir-kriegen-das-trotzdem-hin-Versuchen trennten sich die beiden schließlich. Jakob kam mit der Neuen zusammen. Neun Monate hingen die beiden wie Kletten aneinander. Dann stand er eines Tages wieder bei Josi vor der Tür. Er hätte einen Riesenfehler gemacht. Lilly könne es lange nicht mit Josi aufnehmen, das wüsste er nun. Ob Josi ihm nicht verzeihen könnte? Wie die Sache ausging? Josi hörte auf ihr Herz. Sie war noch immer in Jakob verschossen und hatte sich zwar mit anderen

Jungen getroffen, aber mit keinem etwas angefangen. Josefine sagte Ja. Und Jakob ist ihr treu. Bis heute.

Ende

Goethe und Shakespeare

Im Park wurde es schon langsam dunkel. Goethe auf seinem Sockel kam ihr wie ein alter Freund vor, der auf ihre Rückkehr gewartet hatte.

„Hi!", grüßte Josi ihn deshalb. Ihr war, als würde Goethe ihr zunicken.

Sie hockte sich auf die Stufen des Denkmals und lehnte sich an. Es war ein gutes Gefühl, Halt zu haben. Sie fühlte sich nach diesem merkwürdigen Tag wie Wackelpudding.

„Was mache ich jetzt nur?", flüsterte sie kaum hörbar. Ein Eichhörnchen trippelte auf Josi zu, schnüffelte an ihrem Schuh und verschwand dann im Gebüsch.

Josi dachte nach. Wieso waren alle Jungen so bescheuert? Wenn sie mit einem von ihnen alleine war, ging alles gut. Sobald sie aber aufeinandertrafen, drehten sie durch. Luke war da nicht anders als Tom. Hatte sie sich in beiden geirrt?

„Da bist du ja", erklang es plötzlich aus der Dunkelheit. Josi hatte keine Ahnung, wie lange sie schon hier gesessen hatte. Vielleicht waren Stunden vergangen, vielleicht auch nur fünf Minuten.

Ein Umriss kam auf das Denkmal zu. Luke. Wie ein kleiner unsicherer Junge blieb er vor ihr stehen.

„Ich wollte mich entschuldigen", druckste Luke herum. „Mir sind die Sicherungen durchgebrannt, als ich Tom gesehen habe. Es ist einfach unerträglich für mich, dass du mit ihm zusammen bist."

Er setzte sich nicht. Höflich wartete er, ob sie ihn dazu auffordere.

Josi atmete tief durch. Dann rückte sie zur Seite und klopfte mit der flachen Hand sanft auf die Stufe neben sich. Nach kurzem Zögern nahm Lukas Platz. Aber über seine Lippen kam kein Wort mehr. Schweigen war sehr unüblich für ihn.

„Hast du mir noch etwas zu sagen?", unterbrach Josi irgendwann die Stille.

Luke knetete seine Hände, als wären sie Pizzateig. Er rang nach den richtigen Worten.

„Ich weiß nicht, was Jill dir alles über mich erzählt hat …", stammelte er.

„Eine Menge …", log Josi. Sie wollte jetzt jedes von Lukes Geheimnissen hören.

„Es ist alles wahr", sagte er offen. „Seit ich mich für Mädchen interessiere, habe ich jede Chance genutzt, wenn mir eine gefallen hat. Aber ich habe nur mit ihnen gespielt. Ich wollte durch ihre Reaktionen spüren, wie toll ich bin. Deshalb fiel es mir auch so leicht, locker zu sein. Keine von denen hat mir irgendetwas bedeutet."

Luke drehte sich zu Josi um und sah ihr in die Augen.

„Bei dir ist das zum ersten Mal anders", gab er zu. „Anfangs war's wie immer. Ein lockerer Spruch, die Bewunderung in deinen Augen. Doch in den letzten Stunden hat sich das verändert. Ich habe mich verliebt. Richtig verliebt. Zum ersten Mal im Leben. Und jetzt sind mir die coolen Sprüche ausgegangen."

Luke schluckte.

„Mir bricht der Schweiß aus, wenn ich hier so neben dir sitze", gestand er. „Meine Knie zittern, meine Zunge klebt am Gaumen, alles in meinem Kopf dreht sich. Nur so kann ich mir auch meinen Ausraster vorhin erklären."

Luke nahm Josis Hände.

„Schuld war meine wahnsinnige Angst, dich wieder zu verlieren, bevor ich dich überhaupt habe", fuhr er fort. „Das würde mir das Herz brechen. Er da oben, Goethe, weiß sicher, wovon ich rede. Oder Shakespeare, bei ihm ist die Liebe nie einfach, immer nur ein großes Drama."

Luke ließ Josis Hände los und stand auf. „Ich lass dich jetzt alleine. Wäre schön, wenn du mich noch grüßt. Aber ich verstehe auch, wenn du von mir die Nase voll hast."

Er nahm sein Fahrrad und verschwand in der Dunkelheit. Seine Sätze jedoch klangen in Josis Ohren nach. *Drama. Schweiß. Ausraster. Angst. Chance. Goethe und Shakespeare.*

Ehe Josi sich versah, war sie aufgesprungen. Sie war kurz davor gewesen, ein großes Gefühl einfach wegzuwerfen. Nur wegen eines kurzen Zwischenfalls. Doch der hatte ja auch etwas sehr Gutes zur Folge gehabt: Luke hatte sein Herz ausgeschüttet, ohne Sprüche, ohne Show, ohne Angst, alles zu vermasseln.

„Luke!", hörte Josi sich rufen. So schnell sie konnte, rannte sie ihm hinterher, doch er war nirgends mehr zu sehen. Josi wurde panisch. Sie hatte das Gefühl, jetzt, in dieser Sekunde, mit ihm sprechen zu müssen. Sonst wäre der Zug für immer abgefahren. Für manche Sätze gab es im Leben nur einen einzigen kurzen Moment, der ganz rasch vorüber war.

„Luke?!"

Ihr Handy vibrierte. Josi versuchte es zu ignorieren, aber kaum sprang ihre Mailbox an, rief die Person schon wieder an.

„Was denn!", brüllte sie schließlich in das Smartphone, ohne auch nur nachgesehen zu haben, wer da nervte.

„Ich bin hinter dir", flüsterte eine warme Stimme.

„Luke!", rief Josi außer sich und fuhr herum.

Tatsächlich kam Lukas mit seinem Fahrrad auf sie zu.

Josis Atem beschleunigte wie nach einem Marathonlauf.

„Ist das jetzt doch wieder ein Spiel?", flüsterte sie. „Wolltest du neue Sprüche ausprobieren?"

Luke lachte. „Nein", sagte er. „Ich musste mal ins Gebüsch. Und in dem Augenblick, als du an mir vorbeigerannt bist, konnte ich wirklich nicht sofort hinter dir her und …"

Weiter kam er nicht. Josi schlang ihm die Arme um den Hals.

„Luke!", flüsterte sie in sein Ohr. Dann küsste sie ihn.

Am folgenden Tag bat Josi Tom um ein Gespräch nach der Schule. Tom kam zwar, stand aber nach Josis ersten Worten sofort auf und ging. Josi hatte ihm alles in Ruhe erklären wollen. Doch Tom hörte gar nicht zu und überschüttete sie nur mit Vorwürfen.

Eine Weile noch fiel Josi es schwer, Tom zu begegnen. Irgendwann aber gelang es ihr, sich selbst davon zu überzeugen, dass sie an überhaupt nichts schuld war. „Wenn ein Paar sich trennt, liegt die Verantwortung immer bei beiden", hatte Jill ihr geschrieben.

Auf jeden Fall hat Josi durch die Sache mit Tom eine Menge für ihre jetzige Beziehung gelernt – für die mit Luke. Zwei Jahre hält ihre Liebe nun schon. Nicht immer ist alles Friede, Freude, Eierkuchen. Oft zoffen sich die beiden, dass die Fetzen fliegen. „Noch schöner ist aber das Versöhnen", sagt Josi dann immer zu Jakob. Zum Glück sieht Luke das genauso.

Ende

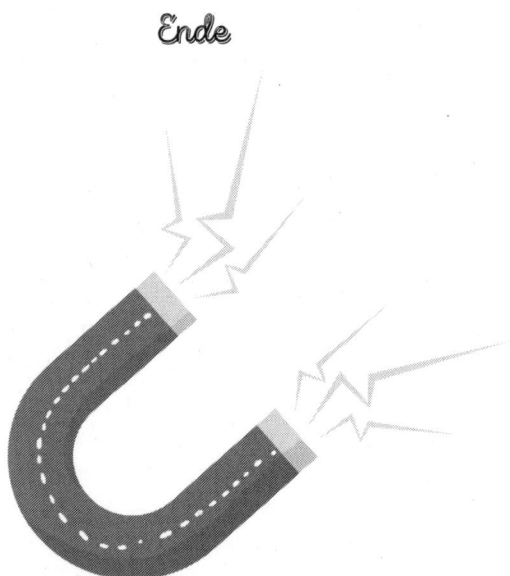

JOSI, DER MÄNNERMAGNET...

Wie eifersüchtig bist du?

1. Wenn dein Freund im Urlaub ist und sich ein paar Tage lang nicht bei dir meldet: Was ist dein erster Gedanke?

- ☐ Er hat bestimmt viel um die Ohren. Vielleicht hat er auch nur schlechten Handyempfang. Aber er denkt bestimmt oft an mich.
- ☐ Na, was wohl? Der hat 'ne Neue!
- ☐ Was soll ich mir da denken? Er ist ja im Urlaub. Da habe ich auch was Besseres zu tun, als ständig zu texten.

2. Wie reagierst du, wenn der Junge, für den du schwärmst, plötzlich mit deiner besten Freundin ausgeht?

- ☐ Ich stelle sie zur Rede und rate ihr, den Kontakt zu ihm abzubrechen, wenn ihr was an unserer Freundschaft liegt.
- ☐ Blöd gelaufen! Aber da kann man nichts machen, wenn er sie besser findet als mich. Das wird unsere Freundschaft auch nicht zerstören.
- ☐ Ich bin ziemlich enttäuscht von ihr. Schließlich weiß sie genau, wie wichtig er für mich ist. Ich gehe die nächsten Tage auf Abstand zu ihr.

3. Deine beste Freundin verbringt seit Kurzem extrem viel Zeit mit einem Mädchen aus ihrer Tanzgruppe und trifft sich deshalb nicht mehr so oft mit dir. Wie fühlst du dich dabei?

- ☐ Ich bin traurig, weil sie mir fehlt. Ich spreche meine beste Freundin darauf an und frage sie, ob wir nicht öfter was zu dritt machen können.

- ☆ ☐ Es kommt ja immer mal vor, dass man auch mal Zeit mit anderen Freundinnen verbringt. Ich denke mir nichts dabei. Ich weiß, das wird unsere Freundschaft nicht beeinflussen.
- 🔒 ☐ Ich fühle mich betrogen und ersetzt. Aber was sie kann, kann ich schon lange! Dann suche ich mir eben auch eine neue beste Freundin!

4. Du bist mit deinem Freund, seinem besten Kumpel und einer Freundin von dir unterwegs. Dein Freund macht deiner Freundin hin und wieder ein nettes Kompliment. Was hältst du davon?

- 🔒 ☐ Was soll das? Der soll gefälligst mir Komplimente machen und nicht meiner Freundin!
- ☆ ☐ Ich finde das sehr aufmerksam von ihm. So integriert er meine Freundin in die Gruppe.
- 🍰 ☐ Ich will jetzt keine Szene machen, aber eigentlich finde ich das nicht so toll.

5. Was machst du, wenn die Ex von deinem Freund ihn direkt vor deinen Augen anbaggert?

- ☆ ☐ Ich beobachte erst mal, ob mein Freund darauf anspringt. Aber er wird sie bestimmt abblitzen lassen.
- 🔒 ☐ Ich sage ihr meine Meinung: Sie soll gefälligst die Finger von meinem Freund lassen!
- 🍰 ☐ Was fällt der ein? Ich tue alles, um die Aufmerksamkeit meines Freundes auf mich zu lenken.

6. Deine Lieblingscousine bekommt von Oma und Opa eine Reise nach London geschenkt, was du dir auch schon ewig gewünscht hast. Gönnst du ihr das Geschenk?

- 🔒 ☐ Auf gar keinen Fall. Ich werde mich bei Oma und Opa beschweren!
- 🍰 ☐ Ich bin meganeidisch, behalte das aber für mich. Doch ihre Urlaubsfotos sehe ich mir nachher ganz bestimmt nicht an.

- ☆ ☐ Auf jeden Fall, schließlich träumt sie auch schon lange davon. Und so kann sie mir, wenn wir mal zusammen nach London fahren, alle schönen Orte zeigen.

7. Ihr seid erst seit Kurzem zusammen und dein Freund möchte wie jedes Jahr mit seiner Sandkastenfreundin – die du erst einmal getroffen hast – übers Wochenende zelten fahren. Wie reagierst du?
- ☐ So richtig wohl ist mir dabei nicht, schließlich kann unter einem funkelnden Sternenhimmel auch aus Freundschaft Liebe werden …
- ☐ No way! Ich sage ihm ganz klar, dass ich das nicht möchte.
- ☐ Damit habe ich kein Problem. Sie sind ja nur Freunde, da muss ich mir keine Sorgen machen.

8. Deine Freundinnen haben alle einen Freund und verbringen extrem viel Zeit auf Gruppendates. Wie reagierst du, wenn du als Single zu einem dieser Gruppendates eingeladen wirst?
- ☐ Irgendwie fühle ich mich komisch, so als Single unter lauter Pärchen. Aber vielleicht schaue ich es mir mal an.
- ☐ Wie lieb von ihnen, dass sie mich einladen und trotz ihrer Freunde noch an mich denken. Ich gehe sehr gern hin.
- ☐ Ich lehne dankend ab. Glückliche, knutschende Paare muss ich mir nicht geben.

9. Wie gehst du damit um, wenn dein Freund auf facebook noch viele Posts seiner Ex likt und kommentiert?
- ☐ Darüber mache ich mir keine Gedanken. Die beiden sind eben noch befreundet und mit unserer Beziehung hat das nichts zu tun.
- ☐ Wieso ist er überhaupt noch mit ihr auf facebook befreundet? Ich bitte ihn darum, die Freundschaft zu beenden.
- ☐ Ich mache mir Sorgen, dass sie ihm immer noch viel bedeutet. Ich spreche mit meiner besten Freundin darüber.

10. Du bist in einer Dreierclique mit Anna und Laura. Anna schenkt Laura zum Geburtstag eine aufwendig gestaltete Foto-Collage mit Bildern eurer letzten Klassenfahrt, während du von ihr nur einen hastig gekauften Kinogutschein bekommen hast. Wie fühlst du dich?

- 🔒 ☐ Voll fies! Sind die zwei jetzt best friends, oder was? Bei dem Geschenk für ihren nächsten Geburtstag werde ich mir auch keine Mühe geben.
- ⭐ ☐ Das tut schon irgendwie weh, aber ein Kinobesuch ist auch cool und ich freue mich auf die gemeinsame Zeit mit Anna.
- 🌿 ☐ Klar, ich bin enttäuscht. Ich dachte immer, wir wären das super Dreiergespann. Jetzt fühle ich mich irgendwie ausgeschlossen.

Ich habe

____ mal 🔒

____ mal 🌿

____ mal ⭐

Auswertung:

Hauptsächlich 🔒:
Eifersucht ist kein Fremdwort für dich. Ein falscher Blick deines Freundes, weniger Aufmerksamkeit als deine Freundinnen innerhalb der Clique, nicht so viel Erfolg wie andere – und du fühlst dich ausgeschlossen. Dann kann es schon mal passieren, dass du sehr emotional reagierst. Doch das bedeutet nur, dass dir sehr viel an den anderen liegt. Aber pass auf, dass du mit deinem Verhalten deine Freunde nicht verschreckst.

Hauptsächlich 🔥:
Du bist schon manchmal eifersüchtig: Wenn sich dein Freund länger nicht bei dir meldet, gute Freundinnen sich plötzlich näherstehen als sonst, du dich benachteiligt fühlst – dann beschleicht dich ein unangenehmes Gefühl. Als feinfühliger Mensch lässt du deine schlechte Laune nicht an anderen aus, sondern behältst sie eher für dich. Achte jedoch darauf, dass du deine Gefühle damit nicht unterdrückst, und rede auch mal darüber. Ein klärendes Gespräch wirkt oft Wunder!

Hauptsächlich ⭐:
Eifersucht spielt in deinem Leben eigentlich keine Rolle: Dein Freund macht einer anderen Komplimente? Deine Freundinnen treffen sich ohne dich? Während andere sich über solche Dinge aufregen, weißt du oft gar nicht, was einen daran stören könnte. Du bist sehr selbstsicher und vertraust deinen Freunden. Aber pass auf, dass deine Freunde dadurch nicht das Gefühl bekommen, dass sie dir nicht wichtig sind. Eifersucht kann auch schmeicheln!

Ravensburger Bücher

1000 mal Herzklopfen und weiche Knie

Diese Bände sind bisher erschienen:

Habe ich			ISBN 978-3-473-
○	Band 1	Herzklopfen beim Schüleraustausch	52557-7
○	Band 2	Liebesalarm auf dem Tierhof	52558-4
○	Band 3	Gefühlschaos beim Chatten	52559-1
○	Band 4	Traumtyp am Filmset	52560-7
○	Band 5	Herzflattern auf der Klassenfahrt	52564-5
○	Band 6	Liebesflüstern beim Schulball	52565-2
○	Band 7	Lovesong in der Schülerband	52573-7
○	Band 8	Ferienflirt in London	52574-4

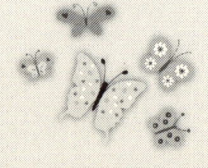

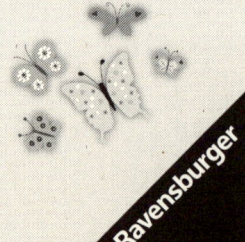

www.ravensburger.de

LESEPROBE

1000 Gefühle
Gefühlschaos beim Chatten
ISBN 978-3-473-52559-1

Anna gab Marlene einen dicken Kuss auf die Wange, dann verabschiedete sie sich zum Judo.
Marlene spürte den Kuss noch lange. Seltsam, dass Küsse so verschieden sein konnten. Von einer Freundin fühlte es sich an wie: Uns kann nichts und niemand trennen. Der Kuss eines Jungen aus ihrer Klasse hätte sie geekelt. Würde Tim sie jetzt küssen, würde sie ihm eine knallen. Oder losheulen.
Und wenn sie einen neuen coolen Typen kennengelernt hätte, würde ihr Gesicht nach der Berührung seiner Lippen wohl glühen und sie müsste nach Luft schnappen. Dabei hätten ja alle genau das Gleiche getan …
Marlene las sich die Nachricht von Beachsurfer noch einmal in Ruhe durch.

Beachsurfer: *Hi, Sunflower! Liebst du den Sommer auch so wie ich? Ich träume schon von Meer, Strand, Sonne! Eiskalter Eistee und chatten – das wär's!*

Sofort schweiften auch Marlenes Gedanken ab. Sie war nicht mehr länger in ihrem Zimmer. Sie lag am Strand auf ihrem Handtuch. Keine Schule mehr, keine Vokabeln, keine Mathearbeit. Anna lag neben ihr und kuschelte mit einem Kerl, den sie hier in Italien kennengelernt hatte. Sie selbst sah immer wieder zum Meer hinüber. Der Traumboy da auf dem Surfbrett, das war ihrer!

„Okay, Beachsurfer!", murmelte Marlene, als sie wieder vom Strand in ihr Zimmer zurückgekehrt war. „Mal sehen, ob du immer noch so viel von mir wissen willst, wenn du mich gesehen hast."

Nach kurzem Zögern entschied sie sich für das Unterlippen-Beiß-Foto. Soooo schlecht war das nun doch nicht. An Mandys Bild aber kam es um Längen nicht ran.

Sunflower: *Hi, Beachsurfer! Habe wirklich gerade auch von Ferien geträumt. Die Sonne ist ja schon da. Jetzt auch ich. Fehlt nur noch der Eistee.*

Ihre Finger zitterten, als sie das Foto an Beachsurfer schickte. Fünf Minuten vergingen, zehn Minuten, fünfzehn. Nichts. Er meldete sich nicht mehr.

„Hatte ich also recht", seufzte Marlene. In ihrem Bauch zog sich alles zusammen. Wieso hatte sie nur geglaubt, mit

Mandy mithalten zu können? Tim hatte ihr doch eindeutig gezeigt, wer die Schönere, Witzigere und Tollere war! Warum musste sie sich das geben und auch noch von einem Wildfremden eine Abfuhr kassieren? Das tat echt weh!
Marlene war kurz davor, den PC aus dem Fenster zu schmeißen. Da machte es *Pling!* – Nachricht bei Neue Liebe!

Beachsurfer: *Hey, Marlene, was machst du denn hier bei Neue Liebe? Du bist doch mit Tim zusammen. Oder darf die Männerwelt hoffen?*

Marlene verschlug es die Sprache. Jetzt hatte sie unter den 45.000 Mitgliedern des Chat-Rooms ausgerechnet den einen ausgewählt, der sie kannte! Vor Scham wäre sie am liebsten im Boden versunken. Andererseits hatte er was von Hoffen geschrieben. Sollte das heißen, da waren einige traurig gewesen, weil sie an Tim vergeben war? Fand sie jemand gut, von dem sie gar nichts wusste?

Sunflower: *Du darfst erst hoffen, wenn ich weiß, wer du bist!*
Beachsurfer: *Na, Beachsurfer eben!*
Sunflower: *Scherzkeks! Nein, in echt!*
Beachsurfer: *Gleiche Schule.*
Sunflower: *Meine Klasse?*

Beachsurfer: *Fettes Nein!*
Sunflower: *Parallelklasse?*
Beachsurfer: *Fettes Nein.*
Sunflower: *Achte Klasse?*
Beachsurfer: *Treffer.*
Sunflower: *8a?*
Beachsurfer: *Volltreffer! Jetzt noch den Namen und du gewinnst das rosa Sparschwein!*
Sunflower: *Das ist fies! Ihr seid doch 15 Jungen in der 8a! Andererseits: Ein Sparschwein brauche ich eh nicht. Kevin? Urs? Daniel?*
Beachsurfer: *No. No. No.*

Marlene überlegte. Ging die ganze 8a durch. Im Gegensatz zu ihrer 7b hatten die echt coole Jungs in der Klasse. Der Tollste von allen war Jonas. Der hatte die besten Sprüche drauf, war witzig und zwinkerte ihr immer zu, wenn sie sich auf dem Gang begegneten. Aber auf Jonas waren alle scharf. Der konnte doch wohl nicht …

Sunflower: *Jonas?*
Beachsurfer: *Bingo! Was wird jetzt aus dem Sparschwein?*
Sunflower: *Jonas, echt?*

Beachsurfer:	*Yep! Jetzt erzähl von Tim!*
Sunflower:	*Kenne niemanden, der so heißt.*
Beachsurfer:	*Oh, so schlimm?*
Sunflower:	*Schlimmer!*
Beachsurfer:	*Au backe! Lust auf Trost-Eistee?*
Sunflower:	*Jetzt?*
Beachsurfer:	*Warum nicht? 18 Uhr im Tick?*
Sunflower:	*Tick ist super! Bis gleich.*
Beachsurfer:	*Vergiss dein Geld. Ich lade dich ein!*
Sunflower:	😊

Marlene schüttelte ungläubig den Kopf. War das gerade wirklich passiert? Sie las sich die ganze Unterhaltung noch dreimal durch. Sie hatte echt mit Jonas gechattet! Und war richtig witzig gewesen. Und jetzt traf sie ihn?

Marlene sah auf die Uhr. Es war drei Minuten vor sechs. Zum Tick brauchte sie mit dem Fahrrad acht Minuten. Aber sie hatten sich ja eben erst verabredet, da konnte sie Jonas ruhig ein bisschen warten lassen. Aber länger als zehn Minuten war so höflich wie ein Schlag ins Gesicht. Sie sah in den Spiegel. Sie trug noch immer das pinke Top und den Jeansrock vom letzten Foto. Peng die Wurst? Egal, sie hatte einfach keine Zeit mehr, sich groß umzuziehen.

Sie wollte schon aus dem Haus stürmen, da fiel ihr Mister Kiss wieder ein. Sie hatte doch eigentlich vorgehabt, ihm ihr Foto zu schicken, wenn der Test erfolgreich verlief. Und das war er ja wohl – sie hatte sogar ein Date!

> Die fünf Sekunden nimmt sich Marlene noch. Sie schickt Mister Kiss das Foto. Ihr eigenes, nicht Mandys.
> Wenn du wissen willst, wie er reagiert, lies weiter auf Seite 70.

> Das Bild kann sie Mister Kiss auch morgen noch schicken – wenn sie das dann überhaupt noch will. Wenn du Marlene zustimmst, lies weiter auf Seite 57.